당신 잘못이
아닙니다

최
경
규

박영사

행복을 꿈꾸는 당신에게 이 책을 바칩니다.

때가 있습니다.

모든 일에는 때가 있습니다.

누군가를 만났다면 그것은 그와 만날 때가 되었기 때문입니다.
어떤 책을 접하게 되었다면 그 책과 만날 인연이 되었기 때문입니다.

굳이 불교에서 말하는 인연설(因緣說)을 말하지 않더라도 살아보니, 때라
는 것이 존재함을 인생을 어느 정도 살아온 사람이라면 누구나 느낄 수
있을 겁니다.

그러기에 지금 이 순간 누군가로 즐겁고 또 누군가로 힘들다면 그것은 그
때가 되었다 생각하면 됩니다. 내가 똑똑해서 이 사람을 만난 것이 아니
고, 내가 부족해서 이 험한 인연을 만난 것도 아님을 알게 될 때, 비로소
우리의 마음은 가벼워질 수 있습니다.

종교에서 말하는 모든 것이 그 분의 뜻에 따라 움직인다고 하듯이, 그 뜻
이 신의 뜻이든, 우주의 섭리이든 그 때가 오면 우리가 할 수 있는 일은
크게 없습니다.

다만 좋은 때가 다가올 것을 기대하며 더 열심히 사는 것, 힘들 때를 대비하여 오늘을 후회 없이 사는 것이 전부라 할 수도 있습니다.

그러기에 당신의 탓이 아닌 것입니다. 당신과 오늘 인연을 맺은 나뭇잎에 맺힌 이슬은 실은 당신이 태어나기 전부터 있었는데, 그 인연의 고리가 이제서야 눈에 보인 것뿐이지요.

조금 더 한 발자국 뒤에서 오늘을 바라보는 것도 좋을 듯합니다.
내가 내 그림자를 밟고서는 전체를 바라볼 수 없습니다.

지금 다가온 그 기쁨을 더 오래 유지하고 싶다면,
지금 벌어지고 있는 슬픔을 더 빨리 보내고 싶다면,
우리가 할 수 있는 일은 무척이나 간단합니다.

따스한 커피 한 잔을 타놓고,
느긋하게 나의 오늘을 조금은 멀리서 바라보는 것입니다.
그 안에 답이 있습니다.

때가 왔다는 것은 우리 인간이 막을 수 없는 영역입니다.
그러니 오늘 하루 평안하시길 바랍니다.

2021년 12월
최경규

박상근 중장, 육군교육사령관

이 나라를 지키는 우리 군인들에게도 스스로를 돌아보게 하고 힘을 실어
줄 수 있는 책이다. 험난한 파도의 위협이 다가올 때 역경을 헤쳐나갈 수
있는 지침서가 필요한데, 마음의 치유와 따스한 감동을 느낄 수 있도록
수불석권(手不釋卷) 하기를 권한다.

박승주 前 여성가족부 차관, 세종로국정포럼 이사장

나는 누구일까? 등 살면서 가질 수 있는 질문들의 해답이 이 책에 모두 나
와 있는 듯하다. 세상을 살아가는 방식은 각기 다를 테지만 이 책에서 자
기를 찾아보고 돌아볼 수 있는 시간을 가질 수 있어 행복하다.

신경숙 한중경제문화교육협회장, 북경대 교수, 민주평통 자문회의 상임위원

한국뿐 아니라 국제적으로 쉽게 공감할 만한 감각이 잘 묻어난 문체로 구
성되어있다. 모든 것을 설명하기보다 각자 생각할 여운을 두는 것이 그만
의 매력이다

이오들 한국뱀부테라피협회장, 칼럼니스트

유대인의 잠언집처럼 늘 곁에 두고 읽어봄직한 책이다. 세상의 시선을 허상이 아닌, 나에게로 돌릴 수 있는 시간을 선물해 준 소중한 책이다

최창희 前 한국동그라미파트너스(주) 대표, 컨설턴트

돌이킬 수 없는 과거에 후회하고, 도래하지 않은 미래를 두려워하며, 현재를 힘들게 사는 우리에게 지금 이 순간을 또 다른 내가 나를 지켜봄으로써 희노애락에 끌려가지 않는 삶의 주인으로 살라는 작가의 내공에 깊이 공감하게 된다.

|차 례|

4. 하늘의 이치를 보다 · 153

1

당신을
위로합니다

당신 잘못이 아닙니다

어떻게 그 사람이
내게 이럴 수가 있죠?
세상은 왜 나를 힘들게 할까요?

당신 잘못이
아닙니다

당신에게 불현듯 다가온 일, 그것이 지난 몇 달간 당신의 밤을 뜬 눈으로 지새우게 만들었다 할지라도 그 일의 본질은 당신의 잘못으로 시작된 것이 아님을 알았으면 좋겠습니다.

고민의 소용돌이에 한참을 맴돌다보면 마음은 어느새 메말라, 아무도 찾아올 리 없는 무인도 위에 덩그러니 홀로 떠있는 듯한 기분이 들 때도 있습니다. 세상이 수학공식처럼 풀리는 곳이라 아직도 생각하는지요? 아쉽게도 우리가 살고 있는 세상은 그렇지 않았습니다. 수백 개의 공식을 공부했다 할지라도 천층만층 구만 층이라는 각각의 사람들의 마음에 다 적용해 소화시켜내기란 불가능하기 때문입니다.

세상이 주는 풀리지 않는 수많은 고민과 혼돈을 짊어진 당신의 어깨가 바닥에 닿을 정도로 힘들지라도, 당신의 잘못이 아닙니다. 절대 당신의 잘못이 아닙니다.

그러니 지금 당신에게 다가온 그 일로 가슴속 울고 있는 작은 자아(自我)를 더 이상 힘들게 하지 않았으면 좋겠습니다.

조금만 더 참아보자고, 조금만 더 한발 나아가다 보면 더 좋은 일이 있을지 모른다는 기대로 더 이상 그 아이를 벼랑 끝으로 내몰지 않았으면 좋겠습니다.

설령 오늘을 참고 내일을 위해 살더라도 만족할 만한 미래가 있다는 보장을 누가 할 수 있을까요? 설령 화려한 미래가 있다고 한들, 그 사이 황폐해진 우리의 몸과 마음은 그 무엇으로 다시 채울 수 있을까요?

모든 일에는 다 이유가 있습니다.

나에게 우연히 주어진 책 한권도 미래에 어떻게 적용할 이유가 있기에 지금 내 손에 있는 것입니다. 세상에 어떤 일도 우리에게 우연히 발생하는 경우는 없습니다. 비록 지금 보이지 않지만 거대한 우주의 원리에 의해서, 아주 오래전부터 준비되어 온 일들이 하나씩 당신에게 오고 있는 것뿐입니다. 그러니 당신 잘못이 아닙니다. 그 어떤 일이라도….

그 일을 통하여 당신은 누군가를 이해하게 되거나 혹은 멀어져가면서 또 다른 인생의 멋진 공식하나를 알게 될 뿐입니다.

그러니 오늘 하루만이라도,
잠시 눈을 감고 들어보십시오. 우리 마음의 소리를,

오늘 우리가 해야 할 일 한 가지는 그동안 삶을 공식으로만 풀려고 했던,
그래서 상처받아 울고 있는 내 어린 자아를 이해하고 사랑한다고
그리고 누구보다 널 아낀다고 말하는 것입니다.
네 잘못이 아니라고 말해주는 것입니다.

당신 잘못이 아닙니다.

당신 잘못이 아닙니다.

제가 왜 그랬을까요?

오늘의 나와
어제의 나

오늘의 나만 소중한 존재가 아닙니다.

어제의 나도 소중합니다.
어제 하루가 만족되지 못했다 해서 어제의 나를 너무 몰아세우진 마세요,

어제의 나는 바로 오늘의 나를 있게 해 주는 사람입니다.
같은 마음의 선 위에 있는 똑같은 당신입니다.

어제의 후회스러운 결정으로 오늘이 이렇지 않느냐고 더 이상 나를 몰아
세우지 않았으면 좋겠습니다.

세상에 후회스러운 결정이란 없습니다.
다만 좀 더 좋은 선택이 있지 않았을까하는 마음뿐입니다.
다시 돌아간다고 해도 당신은 어제처럼 최선을 다해 선택을 하였을 것입니다.
그러니 더 이상 지난 일에 마음을 남기지 말았으면 좋겠습니다.

그래도 떨어지는 눈물로 얼룩진 감정으로 오늘의 내가 밉기만 하다면 가만히 눈을 감아보세요.

흘러가는 시간을 느껴보세요, 그 시간의 물줄기 속에서 같이 흐르고 있는 나를 들여다보면 후회도 깨끗이 씻겨 내려가는 기분을 느낄 수 있습니다.

캐롤 텅킨턴이 "절대 후회하지 마라. 좋았다면 추억이고 나빴다면 경험이다."라고 말했듯이, 당신이 실수한 것이 아닙니다.

최선을 다한 당신의 결정은 결과가 어떻든 미래의 양분이 되어 도움이 될 것입니다. 그러니 더 이상 어제의 나에게 몰아세우는 일은 하지 않았으면 좋겠습니다.

로마에 살고 있는 잠룡

힘들지요, 사람관계라는 것이. 쉽지 않습니다.
어쩌면 이 세상에서 가장 힘든 일이 인간관계일 수 있습니다.

특히 요즘처럼 너나 할 것 없이 모두가 쉽지 않은 시간들 속에
살고 있노라면,
공감이라는 우물의 물이 점점 메말라서 내 주변의 모든 것들이
예전과 같지 않게 느껴지기도 합니다.

"내가 원래 이런 사람이 아닌데, 이곳에서 이런 대접을 받고 살아야 하나."
라고 느껴지는 오늘이라면 이렇게 생각해보길 권합니다.

로마에서는 로마법을 따라야한다는 말이 있지요.
즉 로마에서 살려면 최소한 로마인이 되어야 비로소 몸과 마음이 편하다
는 말입니다. 몸은 로마에 있으면서 마음은 여전히 그 전에 살고 있는 장
소에 있다면 힘들 수밖에 없습니다. 전에 그 무엇이었든지 지금 중요하지

않습니다.

군수였든지 마을유지였든지 잘나가던 회사 대표였든지,

만약 가슴 속 뜨거운 무엇이 꿈틀거린다 하더라도 잠시 자존심의 스위치는 꺼두는 것도 좋습니다.

당분간 로마에 살아야한다면….

쉽지 않은 부탁 하나를 하려합니다.

로마에 사는 동안 철저히 로마인이 되어야 하지만 다시는 되돌아 올 수 없도록 자신을 방치해두면 안됩니다. 그렇게 되어서는 안 되는 것이지요.

당신은 비룡(飛龍)이 되기 위한 준비를 해야 합니다. 이미 당신은 완벽한 존재입니다. 다만 하늘로 올라가는 기회, 비를 만나지 못해 지상에 있는 잠룡(潛龍)이지요.

주역에서도 역시 잠룡물용(潛龍勿用)이라하여 잠룡의 시기에는 함부로 움직이지 말고 근신해야 한다고 말하고 있습니다.

말을 아끼고 생각을 깊게 하다보면 마음의 소리를 들을 수 있습니다.
하지만 환경에 휘둘려 생각이 점점 얕아지면 말이 많아질 수밖에 없습니다.

눈을 감고 생각해봅니다. 어제 우리는 잠룡의 모습으로 하루를 살았는지,

아니면 시간에 몸을 맡긴 채 살아가는 로마의 어느 선술집에서

서성이던 나그네의 모습은 아니었는지 말이지요.

정말 작은 노력으로 바꿀 수 있나요?

마음에 그늘이 있다면

사람들은 말합니다.
요즘 힘들다고,

떠가는 구름을 보며,
그런 말을 자주하는 사람들의 공통점에 대해 생각해보았습니다.

정말 운이 없어서일까,
아니면 너무 배운 것도, 가진 것도 없어서일까
모두 정답처럼 보여도, 정답은 아닙니다.
답은 바로 변화가 없었기 때문입니다.

하늘은 스스로 돕는 자를 돕는다는 말이 있듯이
스스로 움직이지 않는 사람에게는 운도 인연도 찾아오질 않는 것 같습니다.

많은 이들이 힘들어하고 있습니다.
사실 알고 보면 힘들지 않는 사람이 없을 정도로 정치나 경제가 말이
아닙니다.

그러나 이 상황에서도 얼굴에서 빛이 나는 사람들이 있습니다.
바로 그들은 남들이 하지 않는 일, 한 가지를 계속 하고 있는 사람들입니다.

어제보다 0.1%라도 새로운 것을 익히려는 노력, 그 새로운 것을 조금이라
도 생활에 접목시켜 삶을 변화시키려는 열정을 유지하려 한다는 것이지요.
그러한 마음이 행동이 되고 습관이 되어, 그들의 얼굴은 늘 활기차고 밝게
보이는 것입니다.

오늘 우리는
굳이 책을 보지 않더라도, 공부를 하지 않더라도

다가오는 새로운 인연을 소중히 하는 마음,
새로운 음악을 듣고 마음을 환기시키는 조용한 노력,
깨끗한 마음으로 오늘을 제대로 살기 위한 소박한 노력이 있다면
어쩌면 하늘이 우리에게 도움을 주지 않을까 합니다.

"하늘은 스스로 돕는 자를 돕는다."라는 말처럼 말이지요.

마음의 그늘을 지우고알고 싶다면

오늘부터라도

새로운 무언가를 찾을 용기와 시도가 필요합니다.

아무것도 못하는 나약한 내가 싫어요

그대로 있어도
괜찮습니다

누구나 인생을 살아가다보면 내 의지와 상관없이 비바람을 맞기도, 태풍을 맞이하기도 합니다.

우리가 싫다고 해서 태풍을 막을 수 있는 방법이 있을까요?
아니요, 없습니다.

오랜만에 마음먹고 떠난 여행길, 소나기가 내린다고 비를 피할 수 있는 방법이 있을까요? 아니요, 없습니다.

방법은 그저 기다리는 것입니다.

때로는 기다림도 하나의 지혜입니다.

비록 태풍을 맞이하더라도 무서워 멀리 달아나기만 하면 안 됩니다.
태풍의 소용돌이 속에 있다 하더라도, 마음은 타오르는 불길과 같아서 잡을 수 없을 것만 같아도 언젠가 사그라들기 마련입니다.

힘든 시간이 가끔 저에게 찾아 올 때면 몇 해 전까지만 하더라도 그 이유
와 원인에 대하여 파악하려는 경향이 있었습니다. 그리고 그 해답을 찾았
음에도 여러 가지 이유로 인해 바로 해결하지 못하는 나를 발견할 때면,
가슴이 시릴 정도로 스스로를 외딴 한구석으로 몰아세우기도 하였습니다.

하지만 마음공부를 하고부터는,

그냥 한 발자국 멀리서 바라봅니다.
어떠한 판단도, 생각도 없이
그저 태풍이 일고 있는 내 마음속을 물끄러미 바라만 봅니다.

아프겠다, 아프구나.
그래서 내가 힘이 드는구나.

스스로를 이렇게 바라보고 내 안의 어린 나와 함께 공감하는 시간이 필요
합니다.

세상에서 가장 순수하고 가장 솔직한 관계는 부모나 부부의 관계도 아닌
바로 나 자신과의 만남입니다.

힘들 때 내가 나를 몰아세워서는 절대 안 됩니다.
대신 나에게 따뜻한 말을 건네고 진심으로 나와 함께 할 때

그대로 있어도 괜찮습니다   23

비는 그치고 따사로운 볕은 찾아옵니다.

이 글을 읽고 있는 오늘이 힘든 당신이라면 조용히 이렇게 스스로 주문을
거는 것도 좋을 듯합니다.

"그렇구나. 그래. 힘들겠다.

비바람이 잦아질 때까지 내가 옆에 있어줄게.

그냥 우리 폭풍우 속에서도 춤을 추듯 서로를 바라보며 사랑하자.

인생이란 빗속에서도 춤출 수 있는 용기를 가진 사람만이 즐기는 것이니까."

"널 믿어,

나는 너를 사랑해."

쉽게 결정을 못하고 결정하고도 후회해요

결정장애

선배님 한 분이 이런 말씀을 하셨습니다.

"우리 인생은 두루마리 휴지와 같아요, 어릴 적에는 삶이란 것이 큰 뭉치 같아 어지간히 써도 표시가 나지 않지만 60년을 쓰다 보니 쓰려고 한번만 잡아 당겨도 이제는 줄어드는 것이 너무나 잘 보이네요."

그렇지요. 시간은 빠르게 우리 곁을 스쳐가고 있었습니다.
그러한 시간들 속에서 우리는 어떤 모습들로 오늘을 살아가고 있을까요?

웃은 기억보다 힘들었던 날이 더 많았나요? 왜 힘들었는지에 대하여 생각 해보면 많은 이유 중 한 가지는 바로 결정 장애였다는 분들도 계실 겁니다. 보다 더 좋은 선택을 해야 하는 데 그 망설임이 길어지고, 자신의 선택이 과연 최선인지 몰라 말이지요. '햄릿 증후군'이라고도 불리는 신조어인 결 정 장애는 과도하게 많은 선택의 상황 속에서 이도 저도 결정하지 못하는 소비자들의 심리를 말합니다.

오늘은 결정 장애 극복에 조금이나마 도움이 될 만한 이야기를 해볼까합니다.

어찌 보면 결정 장애를 가진 사람은 원래 욕심이 많은 사람일 수도 있겠다는 생각이 듭니다. 보다 더 좋은 결정을 하기 위한 섬세한 마음을 가진 사람이 아닐까 말이지요. 자신을 위한 욕심이 결코 나쁜 것은 아닙니다. 다만 생활에 불편을 줄 정도가 되었다면 이제는 바꾸면 좋지 않을까 생각해 볼 뿐이지요.

이 글을 쓰는 동안에도 저 역시도 어떤 단어를 선택할까, 문단은 어디 즈음에서 시작할까, 어떻게 하면 사람들이 편하게 읽을 수 있을까라는 생각을 할 수 있습니다. 이러한 고민들이 깊어지면 한 시간이 지나도 한 장을 쓰지 못할 수 있습니다. 그래서 어쩌면 「노인과 바다」로 유명한 헤밍웨이의 "모든 초고는 쓰레기이다."라는 말은 결정장애를 가질 법한 예비 작가들에게 희망을 주려한 말이 아닐지 모르겠습니다.

나이가 들면서 깨달은 것 중 하나는 마음의 중심이 어디에 있느냐에 따라 주위의 소리 크기도 다르게 들린다는 것입니다.

쉽게 흔들리지 않는 가치관이 있다면 세간(世間) 어지간한 이야기들은 그저 스쳐 지나가는 바람일 뿐입니다. 걸어가며 지나가는 사람들의 이야기에 마음을 둘 이유조차 느끼지 못하는 것은 당연합니다. 하지만 그렇지 못하는 사람들이 있습니다. 지나가는 바람을 흘려보내지 못하고 마음이란 자신의 방안에 머물게 하는 사람들, 그들은 바람이 나갈 다른 쪽 창문을 열어두는 것을 잊은 채 살아갑니다.

군자는 문제가 있으면 자신에게서 찾고, 소인은 다른 이에게서 찾는다는 논어(論語)의 이야기가 있듯이 군자는 들어오는 바람을 개의치 않는 사람입니다. 그 바람이 뜨거운 여름을 더욱 달굴만한 바람이든지 차가운 겨울 순식간에 공기마저 얼어버리게 만들 칼바람이든지 고개를 돌리지도, 바라보지도 않습니다.

군자는 미처 방문을 열어놓지 못한 자신의 잘못을 탓할 뿐, 들어온 손님에 대하여 그리 마음을 두지 않습니다.

들어오는 문이 있으면 나가는 문도 열어두어야 합니다.

진정한 본인의 소리를 들을 수 있는 날이 오면 결정 장애는 점점 사라질 것입니다.

친구들이 나보고 돼지라고 해요

다름을 인정한다

　　　　　　　　세상을 살아가면서 힘든 일 중 하나는
다른 이들의 눈을 의식하는 일입니다. 자신의 생각이 옳다고 생각하지만
그렇지 않을 수도 있다는 생각에 자꾸 뒤돌아보게 합니다. 이런 생각들이
자신을 한번 더 생각하게하고 견고하게 만드는 과정일 수도 있습니다만
그것이 지나치다보면 정작 나아가야할 길에 걸림돌이 되기도 하지요.

어제는 인도네시아 친구가 한국말을 배우고 있다고 해서 이런 저런 이야
기를 나누던 중, 며칠 전 자신이 쓴 글(작문)을 읽어주었습니다. 외국인답
지 않게 꽤나 재미있고 문법도 크게 틀리지 않아 이해하는 데 어려움이
없었습니다. 내용인 즉, 이렇습니다.

한국에서 돼지라는 의미는 많이 먹는 뚱뚱한 사람을 가리켜 쓰는 말이라고 배웠습니
다. 그래서 때로는 돼지가 좋지 않은 의미로 쓰인다고 들었습니다. 하지만 저희 인도
네시아에서 돼지는 다른 의미로 쓰입니다. 바로 많이 잠자는 사람을 돼지라고 하지
요. 그래서 친구들은 저를 잠자는 숲속에 공주라고 하지 않고, 잠자는 숲속에 돼지공

주라고 합니다.

돼지가 많이 먹기도, 잠을 많이 자기도 하지만, 돼지라는 의미가 인도네시아에서는 우리와는 다른 의미로 사뭇 인식되고 오히려 귀여운 의미로 사용되기도 한다는 것을 알았습니다.

오늘 제가 하고 싶은 이야기는 자신의 눈을 통해 세상을 해석하는 것이 다른 사람과 다르다고 해서 무작정 잘못된 것이 아니라 그럴 수도 있다는 것을 인식하는 것입니다. 그런 인식은 우리의 삶을 더 편안하게 만들어줄 것입니다.

자신이 돼지라 불리든 공주라고 불리든 전혀 개의치 않게 살아가는 인도네시아인들을 볼 때, 우리는 어디서부터 잘못 채워진 단추로 자신을 돌아보기보다 남의 시선에 무게중심을 두는지 모르겠습니다.

텔레비전에서만 보는 연예인들의 화려함이 오늘 우리 삶을 대변할 수도 없거니와 실상 그들 역시 그렇지도 않음을 우리가 자각할 때, 비로소 고민과 갈등이라는 무거운 풍선들을 하늘로 날려 보낼 수 있을 것입니다.

나는 단점이 많아요

삶이 아름다워지는 공식

누구나 단점이 있습니다.
때로는 그 단점이란 것이, 스스로 돌아보기에 아픔일 수 있습니다.

하지만 그렇지 않습니다.
못 배운 것이 살아가며 한이 되고,
몸이 뚱뚱해서 변변한 데이트 한번 못했다고 해서
돈이 없어서 번듯한 집 한 채 아직 장만하지 못해도

당신 존재의 가치가 희미해지는 것이 아닙니다.

다른 이들은 그렇게 생각하지 않을 수 있습니다.
스스로의 그림자에 갇혀 하는 생각일 수 있습니다.

그럼에도 불구하고 그 단점이 인생이란 길을 걸어가는 데 걸림이 된다면,
더 이상 그 단점에 집중하여 마음을 가두지 마십시오.

이 세상 많은 사람들은 경제적이든, 심리적이든 자신에게 얼마나 도움이 되는지의 여부로 만남을 이어나가곤 합니다.

즉, 그 사람의 단점이 있을지라도 장점이 크다면 만남이 이어져 나가는 것이지요. 너무 삭막한 이야기인 것처럼 보일지 몰라도 이 세상을 살며 깨우침 중 하나입니다.

아무리 친구라 할지라도 일방적인 사랑을 주는 친구를 찾기는 어렵습니다. 주고받는 것이 인생이지요,

이런 단순한 공식을 머리가 아닌 마음으로 제대로 이해하셨다면, 지금 가지고 있는 단점에 더 이상 초점을 맞추지 마세요, 그 단점이 오늘이라도 사라지면 좋겠지만 아직 머릿속에서 당신을 괴롭히고 있다면 잠시 잊으세요, 그리고 장점을 더 집중하여 키워보세요. 단점이 가려질 수 있습니다.

세상은 아름답다고 말할 수 있습니다. 하지만 그렇지 않기도 함을 우리는 너무나 잘 알고 있습니다. 산타할아버지가 더 이상 존재하지 않음을 안 그 순간부터일지도….

그러기에 오늘부터는 부족한 점이 가려질 수 있도록 잘 하는 부분에 더 집중하여 보세요.

남들이 가지고 있지 않는 당신만의 장점을 더 멋있게 이 세상과 소통하도록 더 많이 웃고, 더 밝은 옷을 입고, 평소보다 더 큰 목소리로 세상과 대화하여 보세요.

누구나 부족한 점은 있습니다. 그것의 많고 적음은 아무도 모릅니다.

단지 장점으로 그 단점을 가릴 뿐입니다. 마음속에 담겨진
부족함이란 농도 역시 장점이란 촉매재로 인해
아름답게 변할 수 있습니다.
그것이 어쩌면 삶을 바르게 살아가는 한 가지 처세일지
모릅니다.

아침에 일어나도 어제처럼 머리가 아파요

감정의 시작선

시작이 반이라는 말이 있습니다.

하루의 시작을 어떻게 시작하느냐에 따라 오늘 하루 감정곡선의 기준점이
정해지게 됩니다. 그러므로 오늘이 행복해지고 싶다면 아침에 무엇을 제일
먼저 해야 할지에 대해 생각해보아야 합니다.

가장 중요한 일부터 할 수 있습니다.
어제 못 다한 일을 제일 먼저 시작할 수도 있습니다.

하지만 먼저 해야 할 일들이 힘들고 골치 아픈 일이라면
아침 시간은 다른 걸 해보는 게 어떨까요?

무엇을 하면 기분이 좋아지시나요?

음악을 들으면 기분 좋아지는 분, 명상을 하면 좋아지는 분, 아니면 운동

이라고 대답하는 분도 계실 겁니다. 제게 아침에 무엇을 하면 가장 기분이 좋으냐고 물어본다면 저는 아마 글쓰기일 듯합니다.

아침에 글을 쓴다는 것은 어지러운 세상이란 어제를 보낸 대견한 나에 대한 칭찬일 수도 있고, 미처 정리하지 못했던 감정의 찌꺼기를 태우는 신성한 작업일 수도 있기 때문입니다.

글을 쓰면서 머릿속이 하나둘씩 정리되는 것을 느낄 때, 글은 아침에 써야 제 맛이라며 혼잣말도 되뇌이곤 합니다.

하루가 행복해지기 위한 10분은 어쩜 1,440분이라는 시간의 농도를 더 진하게 만들어주는 촉매제의 역할을 할 수 있습니다.

아침에 일어나 어제 일어나 사건사고 뉴스로 마음을 어지럽히는 일이나, 일어나지도 않을 부질없는 걱정으로 새로 맞은 소중한 아침을 시작하는 일이 없었으면 좋겠습니다.

아침을 무엇으로 시작하느냐에 따라 행복이란 감정선의 기준점이 달라집니다.

오늘 하루 당신이 진심으로 행복하길 기도드립니다.

당신은
좋은 사람인가요?

　　　　　　　어떤 사람이 좋으냐고 물어본다면 어떻게 대답하시겠습니까? 말 한마디에 미소를 짓게 하는 능력을 가진 센스가 있는 사람일 수도 있고, 모르는 게 없는 박학다식한 사람일 수도 있습니다. 하지만 저는 시린 가슴을 가져본 사람이라 말할 듯합니다.

사랑의 칼날에 마음 한 구석을 베여본 사람은 다가올 사랑의 가치를 알고, 사업으로 죽을 고비를 넘겨 본 사람은 오늘의 성공에 더욱 겸손할 수 있습니다. 그렇듯 남들이 가져보지 못한 경험, 힘든 시간들을 가져본 사람은 오늘 하루가 더 절실할 수밖에 없습니다.

시림을 아는 그들이 찾은 행복의 그 비결은 어쩌면 과거 힘들었었던 시절에 비해 오늘의 상대적 안락함일 수도 있습니다. 남들과 비교하지 않고 자신의 시간들 속에서 이정도면 행복한 안분지족(安分知足)하는 삶이라며 가슴 도닥이는 방법을 아는 사람이기도 하지요.

시련을 겪어본 분들을 가만히 살펴보면 하나 같이 공통분모(共通分母)를 가지고 있었습니다. 바로 겸손과 절실함입니다. 겉으로는 겸손하며 안으로는 한없는 자기절제와 절실함이 내제되어 있는 사람들입니다. 그들의 눈빛은 부드럽고 목소리는 맑습니다. 하지만 그 눈빛과 목소리 사이, 행간에서 느껴지는 그의 숨소리에서 절제(節制)와 절실(切實)이라는 단어가 느껴집니다. 남들의 칭찬과 비난에 크게 마음이 동요되지 않으며, 스스로의 부족함을 경계하고 반성하며 오늘을 살아가는 분들이지요.

이런 분들 역시 지금 우리가 겪고 있는 시련의 터널을 잘 견뎌낸 통과의례를 마친 선배라고 볼 수 있습니다.

고통총량의 법칙이라는 말이 있습니다. 이에 따르면 누구나 비슷한 고통의 양을 가지고 태어난다고 합니다. 어떤 사람은 그 고통이 평생을 나누어 조금씩 오기에 고통이라 느낄 수 없기도 있지만, 어떤 이는 한꺼번에 오는 시련의 시간의 무게에 눌려서 자신을 그만 버리는 경우도 있습니다.

이렇듯 만약 지금 당신이 겪고 있는 시련의 깊이를 가늠할 수 없다면 절실함을 가질 수 있는 시간이라 생각하고 오늘 등에 올려진 화살의 무게를 묵묵히 지고 한발 한발 나아가길 바래봅니다.

당신은 좋은 사람이 될 기회를 가지는 중입니다.

비를 맞지 않는 방법

마음이 급하면 몸이 먼저 움직입니다.
하지만 몸이 먼저 반응한다고 늘 좋은 것은 아닙니다.

갑자기 마음이 어지러우면 괜찮았던 몸도 같이 어지러워지는 경우가 많기 때문입니다.

아침 눈을 뜨자마자 창문을 열어 밖을 바라봅니다.

날은 흐리지만 창밖으로 손을 내밀어봅니다.
손끝에 빗물이 묻어나지 않는 것을 보고 밖으로 나갑니다.

공원을 몇 바퀴 걷고 푸시업을 하고 있을 무렵 주위가 갑자기 시끄럽습니다.

비가 내리자 사람들이 하나같이 집으로 뛰어간다고 내는 소리였습니다.

하늘을 봅니다. 비가 내리기 시작합니다.

내리는 비를 가만히 느껴봅니다. 그런데 옷이 젖지 않습니다. 고개를 들어 하늘을 보니 제 곁에 있는 소나무가 저의 우산이 되고 있습니다. 해준 것도 없는데 참 고마운 나무입니다.

나무를 의지한 채 좀 더 있어봅니다.
사람들은 하나둘씩 집으로 비를 맞은 채로 종종 걸음을 치기도 하고 뛰어가다 넘어지기도 합니다.

하늘을 보다 제 곁에 있던 나무와 이야기하고 조금 더 있습니다.
그리고 하던 운동을 말없이 합니다. 그러던 중 비가 그치기 시작합니다.

뉴스에 나온 예보처럼 계속 될 것 같았던 비가 그칩니다.
비 그친 텅 빈 공원에 서서 이런 생각을 해봅니다.

살다보면 비가 오는 날이 있습니다. 오늘처럼 태풍이 부는 날도 있겠지요. 하지만 내 마음이 어렵다하여 어디론가 피한다는 건 항상 올바른 태도는 아닌 것 같다고 말이지요. 비가 오면 그칠 때까지 기다릴 줄 아는 인내심과 지혜도 필요합니다. 그리고 그칠 때까지 마냥 비구경만 할 것이 아니라 하던 일을 해야 하는 것입니다. 제가 운동을 계속 한 것처럼 말이지요.

인생의 비는 알게 모르게 늘 내리고 있었습니다. 다만 우리가 얼마나 그 비를 느끼며 사는지의 문제이지요.

비를 맞지 않는 법

그치지 않는 비는 없습니다. 그러니 비 속에서 춤 출 수 있는 열정으로 하던 일을 계속하는 용기, 그리고 그칠 때까지 기다리는 인내가 필요합니다.

오래간만에 부산에 사는 친구에게서 연락이 왔습니다. 무엇 때문인지는 몰라도 기가 죽은 목소리에 참 마음 아팠습니다. 오늘밤 그에게 말해주고 싶습니다.

"비가 온다고 서둘러 몸을 움직이지 마.

때론 그냥 비 맞고 기다리는 여유도 가질 필요가 있어.

물론 젖는 기분이 나쁘긴 하겠지.

하지만 비에 젖는다고 죽지는 않는단다."

감정코드가 안 맞는 만남들로
내 삶이 원치 않는 방향으로 가고 있어요
어떻게 해야 지금의 인연들을
잘 끊어낼 수 있을까요?

인연정리법

정현종 시인의 섬이란 시집을 읽다보면 이런 시 한 구절이 나옵니다.

"사람이 온다는 건 실은 어마어마한 일이다.
그의 과거와 현재와 그리고 그의 미래가 함께 오기 때문이다."

방문객이라는 제목을 가진 이 시(詩)를 보며, 인연(因緣)에 대한 이야기를
시작해볼까 합니다.

우리는 적지 않은 날들을 살아오며 자신만의 데이터베이스 안에 축적해
놓은 나름의 안목(眼目)을 가지고 있습니다. 그래서 누군가를 처음 만날
때면, 봄날 꽃바람처럼 향기로운 첫인상이라 할지라도, 그 사람을 더 정확
히 평가하기 위해 목소리, 눈빛, 향기와 같이 오감(五感)으로 느끼기도 하
고, 때론 그것마저 부족하여 육감(六感)까지 동원해가며 판단하고 선택하
여 그와 함께 시간을 보내려 합니다.

그가 당신의 잣대를 통과했던 날, 비록 그 첫 만남이 신선하고 좋았을지 몰라도 시간이 흐르면서 그와 맞지 않을 수도 있습니다. 그리고 그와의 만남이 점점 더 힘들어진다면 그 인연은 조금씩 거리를 두는 것이 맞습니다.

한 사람이 당신의 마음속에 들어온다는 것은 시인의 말처럼 실로 엄청난 일이기 때문입니다. 지난 과거와 현재가 녹아있는 결정체인 그를 만남으로 인해서 점점 당신도 그의 운명의 흐름과 함께 조금씩 변해가기 때문입니다.

그럼 우린 어떤 인연을 만나야 하는 걸까요?
미래를 함께 공유함에 전혀 의구심이 가지 않는 그런 사람이면 족할듯합니다.

좋아하는 사람, 사랑하는 이가 생기면 그의 낮을 가지고 싶고, 마음의 기울기가 비정상적으로 작동할 때면 그의 밤도 가지고 싶은 것이 인지상정(人之常情)입니다. 그러기에 사람을 사랑하게 될 때 조심해야 할 것이 바로 욕심(慾心)입니다.

순수한 마음으로 그를 존중하고 잘되기만을 바라는 사람이라면 만나도 되는 대상입니다. 그리고 그런 사람이 있다면 당신의 낮뿐만 아니라 밤을 내주어도 두렵지 않은 사람입니다.

함께 하고 싶은 인연은 이어가고, 놓고 싶은 인연은 멀어져가도록 두어야 합니다.

밤에 쓴 편지는 부치지 못한다는 소설의 제목이 있듯이, 사람의 일이란 한 순간의 감정으로 흘려 내려쓰는 편지와 같을 수는 없습니다. 한 사람과의 인연이 다했다고 느껴지는 순간, 다섯 손가락 끝을 잘라 핏물 오선을 그려 혼자라도 외롭지 않을 밤에 울어보리라는 시인의 말처럼 실컷 외로워하고 힘들더라도 다시는 그 인연에 대하여 생각하지 않았으면 합니다. 그것이 바로 새로운 인연에 대하는 바른 자세입니다.

지금 그 사람을 제대로 정리하지 않으면

절대 새로운 인연의 문은 열리지 않습니다.

그러기에 지난 인연은 과감히 버리는 용기가 절대적으로 필요합니다.

아무것도
필요 없습니다

내면의 소리를 들으세요.

남들이 하는 좋은 이야기도, 베스트셀러 작가의 처세술도
당신의 마음에 쉽게 소화되지 않는 시간들은 반드시 존재합니다.

그런 시간들 가운데 있다면, 그런 흐름 위에 서있다 느껴진다면
남들의 충고에 따라가지 못하는
자신의 마음에 굳이 돌을 던지지 않아도 됩니다.

따스했던 책의 온도가 차갑게만 느껴진다면
그냥 잠시 책을 덮어도 좋습니다.
지금 이대로도 좋습니다.

무엇을 해야 할 필요는 없습니다.
아무것도 하지 않아도 그 자체로 이미 충분한 당신입니다.

그래도 무언가를 해야 한다고 생각된다면,
조용히 소파에 몸을 기대고 누워서 눈을 감아보세요.
그리고 요즈음의 당신을 조용히 떠올려보세요.
열심히 무언가를 하고 있던 당신이 떠오를 수도 있고,
차 한 잔을 여유롭게 마시던 모습이 떠오를 수도 있을 겁니다.
두 모습이 다르게 보이시나요?
설마 일하고 있는 당신만 가치 있게 보이나요?

무언가를 열심히 하든, 조용히 쉬고 있든
당신은 그냥 당신 그 자체입니다.
무슨 일을 해야 나의 존재가 가치 있는 게 아니라,
나라는 존재가 가치 있기 때문에
내가 하는 일이 가치 있는 일인 것입니다.
지금 내가 취하는 휴식은 게으름의 산물이 아니라,
더 나은 나를 위한 에너지 충전의 시간인 것입니다.

아무도 필요 없습니다. 아무것도 할 필요도 없습니다.
그냥 지금은 혼자 있어도 행복한 시간이기 때문입니다.

마음은 말할 것도 없고
몸도 점점 이상증상을 보입니다

마중물은
부어야 합니다

사상 유래 없는 길고 긴 고통의 시간
들이 이어지고 있습니다. 일부 업종을 제외하고는 경기가 바닥을 치고 있
는 상황에서 며칠 전 찾아온 지인의 고민 내용입니다.

"아프면 병원 신세져야 하는데, 장사가 되질 않아 넣고 있던 보험도 해약
하고 걱정이네요."

"식비도 많이 들고, 그것보다 하루 종일 집에서 핸드폰만 보는 애들과 씨
름한다고 내 마음도 점점 메말라가는 것 같아요"

금방 울 것만 같은 그녀의 말을 듣는 동안 그녀의 상황이 이해가 되면서
마음이 저려왔습니다.

세상을 살아가는 여러 이치 중 한 가지는 바로 "내가 행복해야 모든 것이
행복하게 보인다."입니다. 자신이 건강한 마음과 몸을 가지고 있을 때 비

로소 다른 현상들도 정상적으로 해석하고 판단할 수 있다는 말이지요.

모든 일은 발생 이후, 내 감정이라는 베이스 위에 해석이라는 시간을 거치면서 각각 희망, 기쁨, 슬픔, 걱정의 의미로 나누어 머리와 마음으로 전달됩니다. 쉽게 말해 우리가 건강할 때 일어나는 일들은 별일 아니라며 쉽게 웃어넘길 수 있습니다. 하지만 내가 힘들 때 눈앞에 벌어지는 일들은 비약되거나 감정의 깊은 골에서 빠져나오지 못해 우울과 절망으로 해석될 수 있습니다.

그렇다면 어떻게 해야 적절한 해석을 할 수 있는 마음을 가질 수 있을까요?

이미 힘든 상황에 놓여있는 당신에게 이런 부탁마저 너무 가혹한 일일까요? 하지만 병원에서 처방해주는 약만으로는 근본적인 치료를 해줄 수 없음을 당신 또한 잘 알고 있습니다.

그럼 어떻게 해야 하나요?

바로 스스로를 변화시켜야 합니다. 그러기 위해서는 먼저 마중물을 붓는 최소한의 노력을 해야 하겠지요. 옛날 시골에서는 집집마다 마당에 물을 긷기 위해 손으로 밀고 당기는 펌프가 있었습니다. 손 펌프는 물을 빼내기 위해 처음에 어느 정도의 물을 넣어야만 하는 원리로 되어있습니다.

여기에 답이 있습니다. 건전한 정신을 만들기 위해 본인의 100%의 노력으로 해결할 수는 없습니다. 아마 그럴 수만 있다면 고민거리도 아니겠지요, 제가 이야기하고 싶은 것은 최소 10%만이라도 마중물을 준비하라는 것입니다.

아이들과의 씨름 탓에 예전에 비해 스트레스를 과식으로 풀고, 답답함을 이기려고 달콤한 케이크나 과자로 하루를 보낸다는 그에게 제가 주문한 마중물은 아주 간단하였습니다.

"하루 24시간 중, 1시간만이라도 스스로의 마중물을 부어주기로 약속할 수 있어요?"
흔쾌히 그러겠노라 답한 그녀에게 제가 처방한 마중물은 하루 한 시간, 집 앞 공원이나 운동장에서 걷는 일이었습니다. 하루에 1시간은 무엇이든 할 수 있다는 그의 약속으로 시작된 이 마중물 프로젝트는 생각보다 많은 변화를 그녀에게서 이끌어 낼 수 있었습니다.

1시간이면 약 6천보를 걷고, 250Kcal를 소모하게 됩니다. 3개월을 보낸 후, 만난 그녀는 생각보다 밝은 표정을 가지고 있었습니다.

"처음에는 1시간 걷기가 무척 귀찮게 느껴졌는데, 일주일을 하니 생각보다 기분이 좋아지더라고요, 그래서 보름 되던 날부터는 핸드폰에 만보기도 설치하게 되고, 한 달이 되니 몸무게도 줄어들었어요, 그래서 2시간씩 걷던 날도 있고, 좋아하던 케이크의 칼로리를 생각하니 더 이상 먹지도 못하겠더라구요, 교수님의 마중물이 제게는 정말 효과만점이었어요."

사람마다 문제를 해결하는 저마다의 방법이 있고, 마중물 또한 다양한 방법으로 존재할 수밖에 없습니다.

그러기에 오늘 제가 말하고 싶은 이야기는 그 무엇을 하더라도 스스로에게 마중물을 주는 최소한의 노력을 반드시 해야 한다는 것입니다.
시간이 반인 것처럼 마중물이 시작입니다.

저는 말에 상처를 너무 받아요

정구업진언(淨口業眞言)

정구업진언(淨口業眞言)
이 말은 입으로 지은 업을 깨끗이 하는 참된 말이라는 뜻입니다.

사람들이 하는 말을 가만히 생각해봅니다.

남을 해치는 말, 남을 힘들게 하는 말은 결국 자신의 입에 독이 되고 마음에 가시가 되는 업(業)이 되어 그 이상의 피해를 입는다는 것이 삶의 진리입니다. 진리라는 것은 예외가 없습니다.
어제는 종일 천수경을 들으며 묵언명상을 하였습니다. 그러한 이유로 글도 쓰지 않고 사람들과 소통도 없이 하루를 보내었지요. 나는 주로 사람들의 말을 듣는 편이긴 하지만 내가 하는 말은 어떠했는지 생각해 보곤 합니다. 또 나에게 상처를 준 사람들을 떠올려 보았습니다.
촛불을 켜놓은 채 눈을 감고 있노라면 따뜻한 기운이 느껴져 옵니다.

마음을 촛불에 녹이고 있노라면 구업(口業)도 같이 연기가 되어 사라지는 듯합니다.

남을 살리는 말을 하고, 남을 웃게 만드는 말을 해야 합니다. 아니면 차라리 하지 않는 편이 좋지 않을까요?

욕심을 버리고 말을 줄이면

어쩜 오늘 하루는

신선이 되지도 않을까 생각해 봅니다.

머리가 자주 아픈데
어떻게 해야 할까요?

마음이라는 초

아침에 일어나면 머리가 무거운 날이
있습니다. 그런 날은 평소보다 많은 양의 스트레스를 받았거나 머리를 많
이 써 과부하가 걸린 날일 겁니다. 사람이 평소와 같은 양의 스트레스를
받으면 절대 머리가 아프거나 몸 어딘가 특별히 아프지 않습니다. 하지만
평소와 다른 양의 수치가 마음에 측정이 될 요량이면 어김없이 신호가 오
곤 하지요.

이런 날이면 여러분들은 어떻게 하시나요? 쉽게 두통약을 찾을 수도 있고,
냉장고 안에 먹다 남은 소주 생각이 날 수도 있겠지요. 어쩌면 이런 방법
들이 날선 나의 신경을 무디게 하고 가장 빠른 시간 내에 일상으로의 복
귀를 가능케 하는 방법일 수도 있습니다.

저는 스트레스를 받든 안 받든 새벽이면 하는 작은 의식 하나가 있습니다.
바로 작은 초에 불을 켜놓는 것입니다. 불 꺼진 방안에 초를 켜놓고 있으
면 정적으로 가득한 공간의 새로운 세상이 펼쳐집니다. 세상이 때론 밝게

도 때론 어둡게도 느껴지지만 그것을 판단하려 들지는 않습니다. 제가 판단한다고 세상이 변하지는 않기 때문입니다. 그냥 흘러 가는대로 느껴지는 대로 멀리서 조망하듯 살며시 눈을 감고 바라만 봅니다.

이런 저런 생각들이 마음에 소용돌이치며 눈을 뜨게도 하고 머리를 더 무겁게 할 수도 있습니다. 하지만 저는 이런 시간들이 좋습니다.

사람이 동물과 다른 점은 사색을 할 수 있다는 것이고 행복과 불행을 스스로 조절할 수 있다는 점입니다. 살며시 감은 눈 사이로 노란 촛불이 살포시 움직일 때마다 내 마음속에 잡고 있었던 그 무엇을 내려놓기 시작합니다.

잡고 있으면 그것은 소유가 되고 그 소유욕(所有慾)은 바로 번민(煩悶)이 되기 때문입니다. 번민은 결국 행복과 불행과의 갈림길에서 우리를 거친 자갈길로 안내하게 됩니다.

내려놓는 연습을 새벽마다 말없는 촛불과 함께 합니다. 어제까지 잡고 있었던 내 것이 아닌 것들을 붙잡은 욕심과 이별하는 연습을 어쩌면 매일같이 하는지도 모르겠습니다.

법정스님께서는 참으로 좋은 말을 하셨습니다. 무소유(無所有). 그 무소유는 가진 것마저 다 버리라는 뜻이 아니라, 자기 것이 아닌 더 가지려는 욕심을 버리라는 의미였습니다. 인간은 내 것이 아닌 다른 것에 마음이 가는 순간 마음은 힘들어지고 눈은 멀어집니다.

세상에 내 것은 없습니다. 당신 것도 없습니다.

그냥 내려놓고 흘러가는 대로 살아가는 것이 어쩌면 복잡한 우리 인생을 가장 행복하게 만들 수 있는 방법이 아닌지 모르겠습니다. 오늘 하루 스마트폰을 통한 수많은 뉴스와 의미 없는 인사들을 멀리하고, 마음속에 작은 초를 켜보면 어떨지 모르겠습니다.

때로는 힘들기도 하고,
때로는 즐겁기도 해요

마음을 잡는 순간
몸은 무거워집니다

새벽 3시 30분, 해가 뜨기엔 이른 시간이지만 세수를 하고 앉습니다.
이런 저런 세상의 생각들이 머리를 스치기 전 돌아보는 기도를 해봅니다.

그런 후 책상 위 펼쳐놓았던 어제 못 다한 공부를 하고 새벽 5시 어김없
이 엘리베이터 열리는 소리가 나면 문 앞 고이 올려진 신문을 가져와 봅
니다.

아침 운동이라 하기에는 조금은 게으른 걸음으로 다녀온 산책.
그리고 에스프레소 한 잔, 이렇게 하면 8시 나의 하루가 준비되는 시간입
니다.

이런 일상들이 이젠 삶이란 트랙 안에서 굳이 의식하지 않아도 자연스레
흘러가지만 어떤 날은 해가 지는 무렵이 되면 급작스러운 피곤이 밀려옵
니다.

가만히 생각해봅니다. 같은 시간 속에 살고 있지만 차이가 무엇인지 말이지요,

날씨 때문일까요?
아니면 아침에 읽었던 신문 속 뛰어다니던 번잡한 이야기들 때문일까요?

정답은 내안에 있었습니다. 바로 내 마음이 어디에 있느냐는 것이지요,

내가 나를 잊고 하루라는 흐름에 몸과 마음을 맡기면 그냥 편하게 흘러갑니다.

하지만 나의 마음이 오늘 너무 일찍 일어났다고 생각하는 순간 아주 작은 도미노가 전체를 무너뜨리듯이 하루의 리듬을 쉽게 깨어지고 맙니다. 안부를 묻는 친구에게 지나가는 말이라도 바쁜 오늘의 일상을 말할 때면 쓰나미처럼 피곤이 몰려옵니다.

사람이 사랑을 하면 시간가는 줄 모른다고 합니다.
게임을 좋아하는 사람이 밤을 새워도 피곤을 모르는 이유와 같습니다.

마음을 어디에 두느냐에 따라 우리 몸의 무게도 달라질 수 있습니다.

공중에 떠다니는 마음이라는 풍선 속에 무엇을 넣느냐에 따라 더 높이 날 수도 더 오래 하늘에 있을 수 있습니다. 어떤 일을 하든지 마음을 잡아두지 말았으면 합니다.

마음을 보려고 하지마세요,

마음은 흐르는 강물처럼 흐를 때 우리의 몸도 자연과 함께 숨 쉴 수 있습니다. 마음을 잡는 순간, 그 무게로 잊고 있었던 몸의 무게마저 느낄 수 있습니다.

지금 이대로가 좋습니다.

그냥 지금 나오는 음악에 몸을 맡기고

눈앞에 펼쳐지는 오늘을

감사하는 마음으로 받아주면 좋겠습니다.

잡는다고 잡히지 않는 마음에

더 이상 시간을 보내지 않는 하루면 좋겠습니다.

2

자아를
찾는 여정

당신 잘못이 아닙니다

이 세상이 싫어요

나만의 시간

드라마를 보면 주인공의 삶이 한없이 부럽기만 하고, 친구들의 페이스북 사진들은 나와는 거리가 먼 이야기라 생각될 때가 있습니다.
그럴 때면 나 자신이 초라해지고 자존감은 어느새 바닥까지 가라앉곤 합니다.

가끔씩은 세상과의 문을 닫아도 좋습니다.

마음 안에 이는 시린 바람으로 더 이상 자아(自我)를 힘들게 하지 말아요.

말로는 모든 것을 내려놓는다 하지만, 그러지 못하는 이유는 무엇인가요?

아직 마음은 그러지 못하기 때문이지요.

때로는 마음의 문을 닫고 혼자 있는 시간도 필요합니다.
혼자면 어떤가요? 어지럽고 가슴이 추울 때는 오히려 마음의 문을 잠시 닫아두는 시간도 나쁘지 않습니다. 어떤 분들은 그런 시간들이 오래 지속되면 우울증이라도 걸리지 않을까 하며 오히려 더 겁내하시는 분들도 있습니다.

우리의 몸과 마음은 항상 제자리로 돌아오려는 항상성(恒常性)을 가지고 있습니다. 그러기에 그런 걱정은 잠시 잊으셔도 됩니다.

혼자 있다 보면 그 시간들이 필요했음을 알 수 있습니다.
비로소 자신과의 대화를 눈물로 할 수도 있고,
진정 자아가 기뻐하는 것도 찾아낼 수 있는 시간을 만들 수도 있습니다.

잠시 문을 닫고 싶다면 그렇게 하십시오.

그 생각 또한 당신이 틀리지 않음을 저는 믿습니다.
마음이 시키는 대로 때로는 발이 움직이는 대로 가는 것도
세상을 살아가는 또 하나의 진리(眞理)인 것입니다.

세상을 살아가는 길은 셀 수가 없답니다.
오늘 새벽도 무척 쌀쌀합니다.
건강하시고 마음 안에 머무르시길 기도하겠습니다.

저는 늘 바쁘고 열심히는 사는 것 같은데,
좋은 결과물이 없는 것 같아요.

시간이 없습니다
아니 시간은 있습니다

머리로 이해하는 가히 물리적으로 측정될 법한 시간은 언제든 있습니다. 과거에도 분명히 있었고, 앞으로 다가오는 미래에도 반드시 있습니다.

하지만 마음으로 헤아려지는 시간 속에서 우리의 시간은 늘 부족하기만 합니다. 새해 다이어리, 그 넓은 하얀 공백에 무언가를 빼곡히 채워 넣을 수도 있지만, 또한 그럴 수 있는 시간들은 늘 존재해 왔음에도 불구하고 무언가로 채우지도 못하고, 애써 채워 넣은 계획들이 실현되지도 못한 이유는 무엇일까 곰곰이 생각해봅니다.

일에 대한 우선순위가 없었기 때문일까요? 아니면 비협조적인 주위 환경 때문인가요? 물론 여러 복합적인 요인들이 작용했을 거라는 생각도 들지만 어쩌면 '마음 챙김'이 없었기 때문일 것입니다.

하루 24시간, 1440분이라는 시간동안 우리는 항상 무엇을 해야만 한다는 강박관념, 무엇을 이루어야 한다는 마음의 족쇄가 정작 앞으로 나아갈 수 있는 힘을 스스로 옥죄이고 있기 때문입니다. 또한 '해도 될까?'라는 끊이질 않는 의미 없는 질문들은 우리의 감정을 순식간에 지치게 만들기도 합니다.

하루에 정말 해야 하거나 하고 싶은 일이 있다고 생각한다면 마음에 무리가 되지 않는 한도 내에서 목표를 세우고 그곳을 향해 한 발자국씩 나가 봅니다. 그리고 그 여정에 부딪히는 작은 돌부리들은 쉽게 치워버리고 마음에 담아두지 않는 연습을 해야 합니다.

길 위의 작은 돌부리에 마음을 뺏기어 시간을 버리고 스스로의 기분을 상하게 하는 일들은 우리 주위에 늘 존재해왔습니다.

가야할 길을 선명히 그리는 일 또한 우리의 시간을 잘 활용하는 일일 수 있습니다. 어디로 가야하는지 몰라 이리저리로 움직이는 동안 시간은 말할 것도 없고 우리의 몸과 마음도 지쳐갈 수 있으니까요.

지금껏 우리는 무엇이라도 한다는 이유로 스스로를 위로하며 살고 있지는 않았는지요? 저는 이 행동을 보통 삽질이라고 하는데요, 늘 삽질만 하면 주위에서 부지런히 산다고는 말할 수 있으나 스스로는 만족하는 삶을 살기 어려울듯합니다.

우리가 어디로 흘러가는지 목표를 세우는 일, 그 일이 하루 24시간을 가장 효율적으로 사용하고 삽질하지 않는 일일 수 있습니다. 목표를 세우게 되면 어지간한 시련은 지나가는 하나의 과정으로 보이고, 주위의 힘겨운 소리는 잡음으로 들릴 수 있습니다.

주위의 소리에 너무 과민하게 반응하지 않았으면 좋겠습니다. 그리고 자신이 믿는 대로 한 발 두 발 나아가는 것이 하늘의 선물을 기다리는 또 다른 시간일 수 있을 겁니다.

요즘 사는게 너무 힘들어요

마음의 쉼표

어느 순간 정신을 차려보니 내가 지금 어디까지 왔나, 여기가 어디지? 라는 생각이 든다면, 마음의 쉼표를 찍을 때가 된 건지도 모릅니다.

지난 시간 억척스럽게도 잘 살아준 자신이 한없이 고맙기도 하지만, 한편으로 미안하다 느껴진다면 이제는 여유라는 이름으로 자신을 돌보아줄 시간이 된 건지 모릅니다.

내가 그 자리에 서있어야만 했다고 여겨졌던 그 모든 일들을 뒤돌아보니 굳이 그러지 않았어도 되었다 느껴진다면, 이제는 짊어지고 있던 무게를 내려놓아도 좋을 때가 된 건지도 모릅니다.

그래야 함에도 그러지 못한다면,
그리고 싶어도 그렇게 하지 못하는 이유가 어쩌면 내일이라는 이름을 위해 오늘을 처절히 살아야하는 것이라면….

만약 그런 이유 때문이라면,
내일이 없다면 모든 것을 내려놓을 수 있을까요?

아무리 진심을 다해 말해도 당신에게는 귓가에 맴도는 이야기일 뿐이라면
어떻게 해야 할까 고민해보았습니다.

신문을 펼쳐봅니다.

인도네시아에 돌고래들이 집단으로 수면 위로 올라와 죽어가는 내용이었
습니다. 아직 과학자들은 정확한 이유를 알지 못합니다. 그러나 한 가지
공통적으로 이야기하는 내용은 자연의 변화 앞에 우리 인간들이 할 수 있
는 일은 많지 않다는 것입니다.

당신은 내일 지구가 멸망해도 사과나무 한 그루를 심겠다는 마음일 수도,
어쩌면 또 다른 원대한 꿈이 있을지 모릅니다. 제가 이 말씀을 드리는 이
유를 추측하실 수도 있을지요.
우리의 의지와 달리 세상은 점점 급격하게 변하고 있습니다.

그러함으로…. 부디 바라건데,

이제는 내려놓아도 좋을 때라는 것을 말씀드리고 싶습니다. 지금까지 당신
이 살아온 그 속도와 관성에 의해 멈출 수 없는 이유가 습관이든, 아니면
아직은 내가 해야할 일 때문에, 혹은 내일을 위해 준비해야 할 일들이 많
다는 것 때문이든 상관없습니다.

마음의 쉼표

오늘을 살아갈 마음의 쉼표라는 숨구멍을 반드시 뚫어놓아야 합니다.
그래야 당신이 살 수 있습니다.

오직 신(神)만이 알 수 있다는 미래라는 시간 속에 우리는 많은 것을 스스로 개척할 수 있다고 생각하지만 그렇지도 않습니다. 그리고 그 끝은 어쩌면 우리가 생각하는 그런 모습이 아닐 수도 있습니다.

그러니 오늘이라는 무게감이 버겁게 느껴지고,
이유 없이 눈물 나는 날이라면
이렇게 생각해보면 어떨까요?

생각보다 넘길 인생의 달력이 그리 많지 않다면,

지금 하는 고민들이 대체 어떤 의미가 있을까?

삶이 무기력하고 스스로가 미워지는 날이라면

마음이 숨 쉴 수 있는 공간을 만들어야 합니다.

그래야 당신의 삶의 향기가 아름다워질 수 있습니다.

당신이 없이 이 세상은 존재하지 않습니다.

마음의 무게

꽃샘에 설늙은이 얼어 죽는다는 춘분(春分)도 지나면 완연한 봄의 향연(饗宴)이 시작됩니다. 두꺼운 외투는 옷장으로, 물감을 쏟아 놓은 듯 파란, 노란 하늘하늘한 옷들에 손길이 가는 날입니다.

봄. 이 한 글자만으로도 얼마나 가슴이 설레는가요?

무엇을 하더라도 늦지 않을 것 같고, 잘하진 못하더라도 한번 정도 시작해 봄직한 마음, 청명(淸明)한 하늘이 더 푸르게만 보이는 아침입니다. 화창한 봄날 무언가를 시작하려는 분들이 있습니다.

하지만 생각보다 시작이 참 어렵습니다. 그 이유는 무엇일까요?
어릴 적 첫사랑이 오래 기억되는 이유는 그만큼 자신의 감정을 모두 쏟아 부었기 때문입니다. 다른 생각은 하지 않고 오직 한사람만 보였기 때문에 가능한 것이었지요,

무엇을 시작할 때도 첫사랑과 같이 해야 합니다.
몸과 마음의 긴장을 다 풀고 그 존재 자체를 아끼는 마음에서 시작해야합니다.

마음의 힘을 빼야합니다.
그 존재자체로 대할 때 가식(假飾)은 더 이상 존재하지 않습니다. 더 잘 보이고 싶어 하고 더 잘 하고자는 씨가 심겨지는 순간부터 마음은 무거워지고 계획보다 진도는 나아가지 않습니다.

마음의 힘을 빼야합니다.
그러면 남은 진심은 노력하지 않아도 잘 전달됩니다. 힘을 준다는 것은 나뿐만 아니라 상대방 역시 고스란히 전달되기 때문에 굳이 어렵게 마음에 힘주지 않으셔도 됩니다.

마음의 힘을 빼야합니다.
글을 쓴다는 것 역시, 마음의 힘을 빼는 순간 펜 끝은 가벼워집니다. 마음의 물결이 일렁이는 흐름에 맡겨지면 한 시간에 적지 않은 글을 쏟아 부을 수 있습니다. 하지만 남들을 의식하는 순간 마음의 무게로 펜 끝은 좀처럼 움직이질 않습니다.

마음의 힘을 빼야 합니다.
최고의 협상은 눈에 보이는 계약이 아니라 그 사람과 친구가 되는 것입니다. 친구가 되면 사업은 꼬리를 물고 당신 곁으로 다가옵니다. 하지만 눈에 보이는 것에 너무 많은 힘을 주다보면 정작 되는 일이 별로 없을 때도 있습니다.

마음의 무게

가물거리는 기억 위로 흐르는 첫사랑의 순수함. 파란하늘을 보며 떠올리고 몸과 마음의 힘을 빼보는 하루 어떠신가요? 힘을 빼는 순간 당신 오늘의 숨은 더 깊어질지 모르겠습니다.

방안 가득 퍼지는 커피 향기.

온몸을 적시는 음악에 자신을 맡겨봅니다.

그리고 눈을 감아봅니다

코끝으로 흐르는 에스프레소 향기,

귓불을 스치는 감미로운 음악

무조건 빨리해야 하나요?

느림의 미학

느리다는 것이 부족하다는 의미로 해석되어서는 안 됩니다.
마음에 느껴지는 자극이 적어 몸이 느린 것을 말하는 건 아닙니다.
생각의 농도가 짙어져서 시작이 남들과 같지 않는 것으로 자책할 필요는
전혀 없습니다.

느리다는 것은 과정을 즐기는 의미로 해석될 수 있습니다.
빠른 걸음으로 공원을 걷다보면 발길에 스쳐가는 고운 잔디를 느끼지 못
할 수도 있고,

따스한 햇살에 잠시 멈추어 서서 하늘을 바라볼 여유가 없을 지도 모릅니다.

마음에서 어떤 영감이 떠오를 때나 상처로 치유 받는 그러한 시간들은
절대 빠름의 흐름 속에 존재하지 않습니다.

만약 새로운 구상을 하고 있어 많은 사람들을 만나고 자료를 찾고 있다면,

오늘 하루는 모든 것을 정지모드로 두시고 혼자 마음속의 느림을 느껴보십시오.

그동안 생각하지 못했던 좋은 아이디어나 결론을 찾을 수 있을 겁니다.

만약 지나간 일들로 상처를 받았다면 그 또한 당신의 잘못이 아니었음을 이해하고 보듬어주는 혼자만의 느림 속에서 눈을 감고 치유하여 보십시오.

빨리 달릴 때가 있다면 느리게 갈 때도 있어야 합니다. 만약 당신에게서 무엇인가 부족하다 느껴진다면 그것은 이미 열심히 달려온 시간 속에서 영혼이 잠시 느리게 가자는 손짓일 수 있습니다.

오늘처럼 햇살 좋은 날에는 공원에서 허리 숙여 잔디를 만져보고, 하늘을 보며 싱긋 웃어보는 느림의 하루도 되어보면 좋을 것 같습니다.

백화점과 시장의 차이는 뭘까요?

마음의 포장

백화점에서 선물을 고를 때면 기분이 좋습니다. 은은한 조명, 밝은 음성 직원들의 친절한 안내, 모두 가격에 포함된 서비스이긴 하지만 왠지 모르게 자신도 명품이 된 듯 한 기분을 느낄 때가 있습니다.

백화점을 다녀온 오후, 벚꽃과 어우러진 허름한 시골 길을 드라이브하다가 마주친, 간판도 없는 식당, 5일장 길거리 붕어빵, 꽈배기도 나쁘지 않지요. 차에서 내려 시장을 구경하는 저의 느린 걸음은 이런 생각도 만듭니다.

"같은 물건이라면 백화점과 시장의 차이는 무엇일까,
그 가격의 차이는 서비스뿐 일까?"

경영학을 공부한 사람이라 사회과학적 분석에 들어가다 보면 그 정답은 언제나 기존 연구발표에 있었던 내용들이었고, 결국 제가 찾은 답은 늘 주관적이었으며, 바로 인문학에 있었습니다.

차이(差異)….

바로 포장에 있었습니다.

누군가에게 마음을 담아 선물한다면 예쁜 박스 정성스러운 포장이 좋습니다.
그 내용이 비록 부족하다하더라도 받는 순간 그 마음을 느낄 수 있으니까요,
명품일수록 포장은 간단하고 그 안에 많은 것을 담지 않습니다.
시장에서의 구수한 인심을 담아 검은색 비닐봉지에 한껏 담는 것과는 또
다른 차이가 있습니다.

한땀 한땀 마음을 담습니다.
포장을 하며 받는 사람의 성향을, 좋아하는 색을 물어보고 포장을 하기도
합니다.

우리 마음의 포장도 이러면 좋겠습니다.
흘러가는 시간 속에서 무조건 많이 담는다고 풍성하지 않습니다.
언젠가는 필요하겠지라는 마음으로 버리지 못하고서는 포장지가 부족할
수 있습니다.

마음의 포장은 심플할수록 좋습니다.
비싼 다이아몬드를 선물할 때 포장지는 그리 크지 않습니다.
그리고 다이아몬드의 가치를 PR하지도 설명하지도 않습니다.
우리 마음의 보석 역시 그리 클 필요가 없습니다.
마음에 너무 많은 것을 담아두지 마십시오.

정말 소중한 것 한두 가지만 담아보십시오.

마음의 포장

마음속에서 뒹굴고 있는 상념(想念)들을 하나씩 버리고

마지막 남은 소중한 한 가지만 정성을 담아 포장해 보십시오.

어쩌면 오늘의 하루가 더 빛날지 모릅니다.

저는 언제쯤 진정한 어른이 될까요?

당연한 일

내가 왜 그랬을까?
그때 왜 그런 말을 했을까?
후회 묻은 말을 가끔씩 하곤 합니다.

당연합니다.

우리는 인간이기 때문입니다.
그러기에 너무 자신을 몰아세울 필요가 없습니다.

완벽하다면 지금 이곳에 있지 않을 겁니다.

그럼 언제 이렇지 않을까요라고 묻습니다.

내년쯤일까요? 아니면 십년 정도 걸릴까요?

아닙니다. 오늘 하는 이 고민들은 평생,
반성의 크기가 줄어들 뿐 계속될 것입니다.

그러니 너무 힘든 반성은 하지마세요.

무엇이든 후회는 남습니다.

당연합니다.
우리는 인간이기에 실수를 하고 반성을 하고 고쳐나갈 뿐입니다.

완벽한 것을 꿈꾸기보다

실수하기를 겁내기보다

차라리 오늘 나 스스로를 사랑하고
새로운 것을 시도해 앞으로 나아가는 시간들이 더 아름답습니다.

오늘 마음이 너무 무거워요

마음의 온도

내 마음 같다 느끼던 가까운 사람이 갑자기 차갑게 느껴질 때가 있습니다. 그와의 평온했던 마음속 내면의 온도, 수온의 차이가 감지되는 순간 갑자기 얼음인간이 될 때가 있습니다. 생각의 결이 비슷했던 그에게서 이런 생소한 기류(氣流)를 접할 때면 어찌해야할지 몰라 한동안 멍합니다.

나도 내 마음을 모르는데 어떻게 다른 사람이 나와 같은 마음일 수 있을까라는 교과서적인 말들로 위로해보기도 하고, 역시 세상은 혼자라는 자조(自嘲)섞인 혼자만의 읊조림을 하기도 하지요.

마음이 무겁다….

중국어로는 심중(心重)으로 표현합니다.

인간관계에서 마음이 무거운 이유는 어쩌면 유형(有形)이 아닌 무형(無形)

의 존재로 대상이 존재하기 때문입니다. 만약 텔레비전이나 핸드폰처럼 눈에 보이는 존재라면 고쳐 쓰면 되겠지만, 관계(關係)라는 것은 우리 몸속 수많은 실핏줄처럼 얽혀있어 그리 쉽게 보이지도 파악되지도 못하지요. 인간관계에서 심중이 되는 이유 중 하나를 곰곰이 생각해보면 바로 가치관의 무게에 있습니다.

"그게 뭐가 그리 중요해요? 나한텐 중요한 문제가 아닌데…."

남겨진 인연을 두고 세상과의 이별을 먼저 선택하는 사람들 중에는 자신만의 특별한 가치를 중하게 여기는 사람이 많습니다. 뒤늦은 이야기를 들어보면 그들에게는 목숨보다 소중했던 순수함이 다른 어떤 것과는 비교되지 않을 특별한 가치였습니다. 그들이 지켜야 했던 그 순수함에 대하여 부정하고 싶은 일들은 바이러스가 되기도 하고 때론 그들의 마음을 흔들어 놓기도 했습니다. 때로는 그 바이러스가 머릿속을 모두 매워 버릴 때 그 생각에 묻혀 결국 힘든 선택을 하게 된 것이지요.

만약 지금 사랑하는 누군가와 갈등이 시작되었다면 가만히 눈을 감고 생각해보세요, 말하지는 않지만 그와의 가치관 충돌이 감지될 시점일 것입니다. 그의 말처럼 정말 무엇이 중요한지, 무엇을 양보해야할지 어렵기만 합니다.

그럼 어떻게 해야 하나요?

그냥 감정의 소용돌이 가운데 자신을 두지 않으시면 됩니다.
한동안 뒤로 물러서 잠시 관망(觀望)하는 시간이 필요합니다.

세상에는 중도(中道)를 지키는 일이 가장 어려운 일이라 하였습니다.
어느 한곳에도 치우침이 없는 그런 삶이 존재하기란 어렵습니다.
우리 인간들의 보이지 않는 감정 곡선은 하루에도 수천 번의 포물선을 위
아래로 그리기 때문입니다.

잠시 물러서 있어보십시오.

아무것도 하지 않으셔도 됩니다.

그냥 내면에서 울리는 목소리를 들을 때까지

잠시 평온을 유지하는 시간만 가지시면 됩니다.

소유(所有)가 전부(全部)가 아님을 아는 순간.

다시 사랑하는 이와의 마음의 온도는 같아질 수 있습니다.

정말 미운사람은 어떻게 해야 하나요?

인생에서
가장 큰 공부

이 질문에 대한 답으로 성철스님은 '남의 허물을 뒤집어쓰는 것'이라고 하였습니다.

가장 어려운 것은 알고도 모른척하는 것이고, 가장 용맹한 것은 옳고도 지는 것이라고 하였습니다.

삶이란 길 위를 걷다보면 우리는 여러 사람들을 만나며 살아가게 됩니다. 그 길 위 발끝에 부딪히는 잔디조차도 서로 부대끼며 소리를 내는데 하물며 사람이야 말할 필요가 있겠습니까?

학계(學界)에 따라 인생을 정의하는 분류는 생각보다 다양합니다.
하지만 가장 근원적인 모습을 바라본다면 우리 인생은 크게 두 가지의 형태로 나누어 질 수 있습니다.

덕을 쌓는 삶과 업을 짓는 삶.

앞서 말씀드린 성철스님의 큰 가르침을 다시금 생각해보면 인생에 있어 가장 큰 공부란 어쩌면 자신을 괴롭히는 사람을 스승으로 여기고, 심지어 그로부터 인해 생기는 번민 또한 억울함이란 이름이 아닌 큰 공부라 여기는 것이라 하겠습니다.

요즘 같은 세상에 절대 쉽지 않은 말임을 누구보다 잘 알고 있습니다. 저에게 상담오시는 많은 분들의 이야기가 이 범주에서 크게 빗나가지 않기 때문입니다.

人 間 - 사람인, 사이간: 사람들 사이

덕을 쌓지 못한다면 최소한 업은 짓지 말아야 합니다.
예전 중국 선인이 말한 신선이 되기 위한 첫 번째 덕목은 바로 말을 줄이는 것이었습니다.
즉 구업(口業)을 짓지 말아야 합니다. 구업은 반드시 다시 돌아 자신의 발목을 잡습니다. 세상에 많은 종교들이 있지만 대부분의 종교에서 처음 신에게 고하는 말도 자신의 구업을 씻어내고 경건한 마음으로 신과 함께하는 것입니다.

입안에 아직 담아두고 있는 험한 말들은 결국 당신을 죽이는 것임을 알아야합니다. 독설을 한 후의 침을 쥐에게 실험했더니 얼마가지 않아 쥐들이 죽음을 맞이했다는 뉴스를 본적이 있습니다. 이렇듯 구업은 거시적인 관점에서 자신의 영혼에 부정적인 영향을 줄 뿐 아니라 미시적으로도 건강에 치명적인 역할을 합니다.

당신이 아는 것이 전부가 아닐 수 있습니다.
그러니 함부로 구업을 짓지 않기를 바랍니다.

성철스님의 말씀처럼 당신을 괴롭히는 이가 있다면 그냥 놓아주십시오.
그의 허물조차 조용히 받아들일 때 어쩌면 가장 큰 덕을 쌓는 일이 될 수도

있습니다.

오늘 당신이 평안하길 기원합니다.

태도가
삶의 질을 결정한다

어떻게 삶을 보느냐에 따라 삶의 질은 달라집니다.

자신이 보는 시각에 따라, 그리고 다른 이들이 당신을 어떻게 보느냐에 따라 삶이란 실체는 조금씩 바뀔 수 있습니다. 어려운 이야기 같지만 가만히 생각해보면 그리 어려운 이야기가 아님을 알 수 있습니다.

오늘이 행복하지 못한 이유는 어쩜 당신의 가치를 인정받지 못하기 때문일 수 있습니다.

그럼 어떻게 하면 다른 이들이 당신의 가치를 제대로 인식하도록 그들을 바꿀 수 있을까요? 한두 명도 아니고 우리가 알고 있는 모든 이들의 시각을 바꾸려한다면 하루 종일의 시간도 부족할듯합니다.

모든 일에는 Keyword가 있듯이 오늘의 문제의 해결방법은 바로 여기에 있습니다.

"당신이 바라는 삶을 살고 싶다면, 먼저 삶의 태도를 바꾸어보세요."

당신은 '인생'이라는 이름의 드라마에서 절대적인 주역입니다.
그러므로 당신의 시각만 바꾼다면 모든 것들이 자연스럽게 바뀌게 될 것입니다.

삶을 아름답게 살기 위하여, 아니 최소한 어제와 같지 않고자 한다면 삶의 태도를 바꾸어보세요. 대입시험을 앞둔 학생의 마음으로, 출산을 얼마두지 않은 산모의 마음으로, 즉 절실한 마음으로 하루를 살아가는 태도라면 모든 것이 해결됩니다.

스스로를 영화의 주인공이라 생각하고, 새소리에 발을 맞추어 아침운동도 나가고, 길에서 우연히 마주치는 사람들과 아름다운 눈인사를 건네고, 때로는 길을 걷다 아늑한 커피숍을 보면 혼자라도 들어가 에스프레소 한잔을 마실 수 있는 여유를 가질 수 있다면 이미 당신은 삶을 존중하는 사람이 된 것입니다.

내 삶의 태도, 즉 내가 나를 어떻게 대하느냐, 나의 인생을 어떻게 바라보느냐의 문제는 비단 자신을 얼마나 아끼느냐 하는 미시적인 문제뿐 아니라, 다른 이들이 당신을 바라보는 시각의 변화를 일으키는 거시적인 문제까지도 될 수 있습니다.

어렵지 않습니다. 쉬운 것부터 시작하세요,
다른 이들의 시각은 가지각색이어서 바꾸기 어렵습니다.
자신의 태도를 바꾸면 모든 것이 해결됩니다.

태도가 삶의 질을 결정한다

나의 미래가 궁금해요

시절인연

두려워 마십시오.
늘 오늘처럼 힘들지는 않을 것입니다.

그렇다고 너무 기뻐하지도 마십시오.
늘 오늘처럼 좋은 일만 있을 수도 없음을 우리는 잘 알고 있습니다.

때가 되면 구름은 걷히고 비도 잦아들게 됩니다.

중국 친구가 좋은 글을 보내왔습니다.

"세상에는 좋은 것도 없으며, 극히 나쁜 것도 없다. 다만 인과만 있을 뿐
이다."
因 (까닭 인), 果 (실과 과)

주식처럼 하루에도 수십 번 감정의 곡선을 그리며 일희일비하는 요즘 세

상, 세상의 문제와 방법을 인터넷에서만 찾으려는 우리네 습관들에 일침을 가하는 좋은 말입니다.

이유 없이 결과가 생기는 법은 없습니다.

제가 중국어를 할 수 있는 이유도 생각해 보면, 중학시절 한문공부 열심히 하라는 아버님의 말씀(이유)을 따랐더니 지천명의 나이지만 쉽게 중국어를 다시 시작하게 된 결과를 낳은 것이겠지요.

이 때문에 하루를 살아도 물위의 징검다리를 건너듯 조심스럽게 말과 행동을 할 필요가 있어 보입니다. 지금 나의 말이 훗날 나에게 불어 올 순풍이 될지 역풍이 될지 한번 정도 생각하는 것이 좋습니다.

이와 비슷한 의미로 시절인연이라고 있습니다. 불교 용어 중에 시절인연(時節因緣)은 불교의 업과 인과응보설에 의한 것으로 사물은 인과의 법칙에 의해 특정한 시간과 공간의 환경이 조성되어야 일어난다는 뜻입니다.

그렇습니다. 시절인연이 오면 힘들었던 일들도 쉽고 풀리고, 좋았던 일들도 힘들어질 수 있습니다. 어떤 시절인연을 맞느냐는 우리가 오늘 어떤 씨앗을 뿌리는지에 따라 달라질 수 있습니다.

뿌린 대로 거둔다는 말이 있듯이 오늘 우리가 먹고 듣는 음식과 말들이 우리의 몸과 마음을 어떻게 바꾸는지 한번 생각해봅니다. 어떤 것이 들어오느냐에 따라 우리는 외부현상들에 맞추어 현시(顯示)되게 되어 있습니다. 좋은 음식은 몸을 건강하게 하지만 나쁜 음식과 말들은 우리의 몸과 마음을 약하게 또는 악하게 만들 수 있습니다.

좋은 삶이란 공식처럼, 이미 우리의 조상이 이렇듯 알려주셨습니다. 수천
년 동안 삶에 부대끼며 웃고 울며, 살고 죽음을 반복한 그네들이 남긴 말
들을 잠시 눈을 감고 생각하여 봅니다.

"나의 미래를 알고 싶다면 내가 뿌리고 있는 오늘을 보라."

남에게 선(善)을 베풀고 스스로에게는 돌아보는 마음을 가진 사람이라면
언젠가는 좋은 시절인연을 맞이할 것입니다.

시절인연 사전적 해설 — 중국 명말 항주 운서산에 기거한 승려 운서주굉
(雲棲株宏: 1535~1615)이 조사법어를 모아 편찬한 『선관책진(禪關策進)』
에, "시절인연이 도래(到來)하면 자연히 부딪혀 깨쳐서 소리가 나듯 척척 들
어맞으며 곧장 깨어나 나가게 된다."라는 구절에 연유하고 있습니다.

자기암시는 어떻게 하는건가요?

당신이란 큰 배

　　　오늘은 자기 암시에 대하여 이야기해 보려고 합니다. 동서양을 막론하고 예로부터 자기암시는 널리 심리학과 정신건강분야에서 많이 언급되어 왔습니다. 이론적인 이야기는 뒤로 하고 저와 함께 잠시 자기 암시를 걸어보겠습니다.

자기암시를 할 때 가장 중요한 것은 그냥 말로만 하는 것이 아니라 정말 머릿속에 그것이 사실이라고 믿는 것입니다. 말로써만 자기암시를 매일 해도 안하는 것과는 비교 안될 만큼 좋지만, 그것을 믿고 말한다면 그 효과는 배가 될 테니까요.

자 그럼 시작하겠습니다.

당신은 큰 배입니다.
푸른 바다에 떠있는 아주 큰 배입니다.
갑판에서 밑을 내려다봅니다.

당신이란 큰 배

다른 배들은 매우 작아 보이고
그 배위에 있는 사람들은 보이지도 않을 만큼 당신은 큰 배입니다.

파도가 칩니다.
제법 큰 파도인지라 작은 배들은 서둘러 다시 섬으로 돌아갑니다.
하지만 당신은 조금의 미동조차 하지 않습니다.
그냥 앞으로 힘차게 나가기만 합니다.

파도가 치는 수면위에서 나는 시끄러운 소리가 멀리서 들려옵니다.
마음이 심란할 법도 한데 당신은 그냥 웃으며 넌지시 바라만 보네요.

당신은 큰 배입니다.
지난 날 수많은 전쟁을 하루같이 치르며 더 강해지고 세상의 이치를 알게
된 당신에게는 그저 이 순간 모든 것이 평온하기만 합니다.

큰 배는 목적지를 알고 있습니다.
그러기에 항해하는 길에 부딪치고 마음에 걸리는 일들을 염화미소를 지으
며 멀리서 바라볼 수 있습니다. 당신은 그런 힘이 있습니다.

푸른 바다는 상쾌하기만 합니다.
행복한 하루만 있을 뿐입니다.
오늘은 행복합니다.
지금 이 순간을 즐기는 현명한 큰 배입니다.
나는 행복합니다. 나는 행복합니다.

당신은 아무 일 없었던 사람보다 더 행복한 사람이 될 자격이 있습니다.

당신을 응원합니다.

당신을 응원합니다.

강물에서
나를 살리는 법

시간이 나면 영화를 즐겨보곤 합니다.
책을 읽고 사색하는 것을 좋아하지만, 영화 보는 것도 참 매력적인 것 같습니다.

영화를 볼 때 멍 때리며 아무 생각 없이 보는 것도 좋지만 가끔씩 영화에서 나오는 장면 하나하나를 그리며, 그리고 주연들이 했던 대사에 의미를 두어 곱씹어 보기도 합니다.

며칠 전 본 영화, 주인공이 강에 빠진 장면이 나옵니다.

한동안 강 밖으로 모습을 보이지 않아 사람들은 그가 죽었다고 생각합니다. 왜냐하면 강물에 빠지면 수영선수가 아닌 이상 살아나오기가 어렵다는 일반적 생각 때문일 것입니다.

하지만 모두의 예상을 뒤엎고 강에서 살아나온 그가 이런 말을 합니다.

"사람이 강에 빠진다고 죽지는 않습니다. 다만 물 밖으로 나오지 못해서 죽는 것 이지요"

이 대사를 듣고는 한동안 멍하니 있었습니다.
가슴이 무언가가 뻥하고 뚫리는 기분이 들었습니다.

사람이 힘든 일을 당했다고 다 같이 극단적인 선택을 하거나 심한 우울증에 걸리지는 않습니다. 다만 그 밖으로 나올 수 없을 것 같고, 나오는 방법을 모르기에 점점 더 강 속으로 들어가고 마음은 힘들어지는 것 같습니다.

누구나 힘이 드는 삶을 살고 있습니다.
다만 말하지 않을 뿐입니다.

강에 빠지는 순간, 나는 이미 죽었다라고 생각하는 그 마음 자체가 이미 그 사람의 몸과 마음을 얼게 만들고 식게 만드는 것입니다.

수심이 자신의 허리까지 밖에 오지 않음에도 우리는 물 자체를 무서워하며 스스로의 다리로 일어설 생각조차 못할 때가 많습니다.

문제는 언제나 그리고 어디서나 존재하고 있었습니다.
그러기에 문제를 없앨 수는 없습니다.

해결 방법은 우리가 그 문제를 크게 보지 않고
작게 볼 수 있는 마음을 키워나가면 됩니다.
전쟁이 일어나도 어떤 이는 세상이 끝난 것처럼 살아가고,

강물에서 나를 살리는 법

또 어떤 이는 이를 기회로 알고 열심히 살아갑니다.

우리는 어떤 시각으로 세상을 바라보고 살고 있는지
생각해보는 하루입니다.

눈을 감고 다시금 생각해봅니다.

"강에 빠졌다고 다 죽는 것은 아니다.

다만 물 밖으로 나오지 못한다는 생각 때문에 죽는 것이다."

마음의 파편화

Distracted라는 단어, 기억하시는지요? 요즘 이 단어가 자주 떠오르곤 하는데요. 의미는 "산란하게 되다". "흩어지다"라는 뜻입니다. 이 단어가 좋아서라기보다 근래 경제나 정치이야기를 들을 때마다 제 마음이 흩어지는 느낌이 자주 들어서입니다. 지난주 상담 대화중에서도 '파편화'라는 말도 많이 나오던데요. 저만 그런 생각이 드는 것은 아닌 듯합니다.

마음은 어떤 상태로 우리 몸속에 존재하고 있을까요? X-Lay를 찍어도 나오지 않고 그 성질을 아직 파악하지 못하여 마음을 어디에 둘지, 어떤 식으로 자리 잡고 있어야 좋을지 늘 고민이었습니다.

마음의 가장 바람직한 단계. 저는 상선약수(上善若水)와 같아야 한다고 생각합니다. 마음이라는 물(水)이 어디를 가나 그 본연의 성질은 변하지 않으며, 겸손하게 모두를 이롭게 하는 경지에 있다면 참 바람직하다 생각해 봅니다.

노자의 무위사상을 표현한 상선약수까지의 경지에 우리 마음이 다가가려면 마음 자체가 너무 혼란스러워서는 안 됩니다. 즉 앞서 말씀드렸던 distracted가 되어서는 안 되는 것입니다.

그럼 마음을 고요하게 만들지 못하는 이유는 무엇일까요? 가만히 있으면 남들보다 뒤처진다는 비교. 경쟁의식 때문일까요, 아니면 스스로 나는 이 정도의 사람이라는 것을 보여주기 위해 저녁마다 나가는 정신없는 모임들 때문일까요?

요즘 세상 누구나 우울해하고 힘들어합니다. 그래서 그렇지 않기 위해 더 많이 자신을 채찍질하며 자신의 마음을 말없이 혼돈의 영역으로 밀어내고 있습니다.

어려운 말일 테지만 하루에 단 10분만이라도 눈을 감고 세상과 멀리 있어보십시오. 텔레비전이나 인터넷과 멀리하고 잠시만이라도 흐트러지지 않게 마음을 모아보십시오.

저는 촛불을 켜놓고 이 훈련을 매일하곤 하는데 효과가 그리 나쁘진 않습니다.
흩어지는 마음들이 촛불에 녹아 하나로 모여지는 듯 한 느낌,
한번 정도 가져보는 것도 좋을듯합니다.

비가 내리는 아침입니다.
오늘은 가까운 마트에 들러 마음에 드는 양초하나를 사서 흩어진 마음들을 정리하는 시간을 가져보시길 바라며 진심으로 오늘 행복하시길 기도드립니다.

인형 고르기

심리상담 기법 중 '인형 고르기'라고 있습니다.

상담을 온 사람은 인형이 모여 있는 방으로 가서
자신과 가족들의 이미지에 가장 비슷한 인형들을 골라 옵니다.

그리고 그 인형들을 책상 위, 올려놓고 싶은 위치에 놓도록 합니다.

별것 아닌 것 같지만 의식이 아닌 무의식 상태에서 진행되는 인형 기법은
생각보다 효과적으로 내담자의 의식 상태를 알 수 있게 합니다.

소방관을 고른 아버지, 화내는 주방장을 고른 엄마, 귀에 헤드폰을 낀 채 껌만 씹고 있는 아이들, 그리고 이 모두는 서로 등을 돌리며 먼 산을 바라보고 소방관만 그들을 애처롭게 쳐다보는 모습으로 인형을 배치했습니다.

약 1시간의 상담 후, 마지막으로 물어봅니다.

소방관을 고른 선생님, 이분에게 하고 싶은 말이 있다면 어떤 것일까요? 소방관 인형을 보며 한번 해주시겠어요?

갑자기 눈에 눈물이 글썽이며 한동안 말을 하지 못하다가 나지막한 목소리를 내어봅니다.

"괜찮은거니? 네 어깨가 무거워 보여, 믿음직하게는 보이지만 그 무게를 언제까지 질 수 있을까? 이젠 내려놓을 순 없니? 제발 그러면 안 될까? 허리가 휘고 어깨가 부서지기 전에 말야….

네 인생을 찾아봐, 남들 의식하지 말고 네가 하고 싶은 걸 하고 살아봐."

말을 이어가는 그의 눈동자를 바라보았습니다. 마치 영화배우처럼 촉촉하고 떨리는 목소리에서 삶을 보다 가볍게 살고자하는 그의 간절함이 보였습니다.

요즘 제가 잘 하는 말이 있습니다.

행복해지기 위해 굳이 노력을 할 필요는 없습니다.
하지만 불행해지지 않기 위한 노력은 반드시 해야 합니다

행복을 찾으려는 욕심 자체가 어떤 사람에게는 부담이고 사치일 수 있습니다. 그렇다고 다가온 불행의 씨앗을 그대로 두고 바라보는 것은 어쩌면 자기인생에 대한 직무유기가 될 수 있습니다.

짧은 몇 마디의 말과 글로 마음을 모두 표현하기란 여간 어려운 일이 아님을 누구보다 잘 알기에 다른 이의 감정에 대하여 함부로 말하지 않습니다. 하지만 자신의 감정을 스스로 들어 볼 수 있는 기회가 주어진다면 스스로의 상처를 보듬고 자기를 치유할 시간과 방법을 만들어야 하지 않을까 생각합니다.

정답은 없습니다. 다만 자신을 성찰하는 과정에서 우리는 스스로를 불행에서 구해낼 수 있지 않을까요?

사람은 변할까요?

짝사랑

　　　　　30년째 짝사랑하는 사람이 있습니다. 고등학교 1학년 때 그를 처음 만났고, 그 후로 졸업하기 전까지 3년을 같이 시간을 보내었습니다. 처음 만났을 때 그는 수선화처럼 부드럽고 온화한 모습 그 자체였습니다. 유난히 부끄러움이 많았던 저는 그에게 어떤 말도 하지 못한 채 학교를 졸업하였습니다.

그로부터 무심한 10년이 흘렀고 또 10년 그리고 다른 10년이 흘렀습니다. 그러는 사이 십 원짜리 동전 두 개만 있으면 사랑을 고백하던 빨간색 공중전화도 스마트폰 덕분에 구시대 유물처럼 홀로 서있습니다. 추억이란 이름으로 사람들의 온기가 식어간 채로 말이죠.

이렇게 시간이 흘러도 저는 그를 잊지 못하고 가끔씩 연락을 합니다. 몇 년에 한번씩 말이죠. 학창시절에는 공부한다고, 졸업 후에는 직장 다닌다고, 그 후엔 결혼 생활로 점점 그는 저의 마음속에서 저만치 물러서 있었습니다.

짝사랑

그러다가 어제는 우연히 고등학교 때 후배를 만나 식사를 하며 그의 이야기를 하였습니다. 후배도 그를 무척이나 좋아했던 터라 전화 한번 해보자 합니다. 부끄러운 저는 또 다른 오랜 시간이 흐른 뒤에야 전화를 해봅니다.

"선생님, 안녕하십니까? 저 경규입니다." 내 말이 끝나기도 전에 그는 나를 따스한 목소리로 끌어안으며 답합니다. "그래 경규야, 넌 줄 알고 있지. 오랜만이다. 잘 지내고 있지?" 갑자기 그의 말에 나는 답하지 못하였습니다.

사실 저의 짝사랑은 고등학교 때, 문학 선생님입니다. 졸업 후 30년이라는 시간이 흘렀지만, 저는 그를 만날 수 없었습니다.

아직 완성되지 못한 나를 선생님에게 보여주고 싶지 않았기 때문이었습니다. 지금까지 쓴 책, 칼럼과 같이 활자로 된 모든 것이 어쩌면 그의 가르침에서 시작된 것임에도 말인데요. 조금 더 열심히 산 후에, 조금 더 이루어 놓은 후에 그를 만나고픈 작은 욕심 때문이었습니다. 학생들을 가르쳐 보니 잘되고 못되고를 떠나 찾아오는 학생 그 자체가 선생에게는 큰 기쁨인 것을 누구보다 잘 알면서도 그러지 못하였습니다.

그가 갑자기 보고 싶었습니다. 카톡에 있는 프로필 사진을 찾아봅니다. 지금까지 선생님의 프로필사진에는 초상화가 있어서 조금 늙으신 모습이라는 추측만 할 뿐이었습니다. 사람은 늙어도 목소리는 늙지 않는지라, 항상 30년 전 총각선생님의 모습으로만 기억해 온 듯하였습니다.

오랜만에 본 그의 프로필 사진을 보고는 한동안 아무 말을 하지 못하였습니다. 그 이유는 사진 속에는 머리카락이 많이 없으신 어떤 할아버지 한

분이 웃고 계셨기 때문입니다. 처음에는 선생님의 전화번호가 아닌가 확인을 하였고, 맞는 것을 확인 한 후에는 선생님의 부모님일거라는 생각을 하였습니다.

하지만 가만히 보니 선생님이 맞으셨습니다. 20대 총각선생님이 어느새 할아버지가 되셔서 그곳에 서 계셨던 것이었습니다.

많은 생각이 듭니다. 보고 싶다는 생각보다는 나의 첫사랑을 그냥 저의 마음속에 20대의 청년으로 남겨두고 싶다는 욕심이 들었기 때문입니다. 제가 선생님께 찾아 뵙겠다고 예전부터 말을 했을 때 "뭐 바쁠 텐데 뭐 하러 오니, 전화만 하면 되지."라며 말씀하시던 이유가 바로 오늘 제가 생각한 이유가 아닌지는 모르겠습니다.

사람 사는 일이라 생로병사가 있기는 마련입니다만, 제가 사랑하고 좋아하는 사람은 늘 한결 같이 늙지도 않고 슬프지도 않았으면 하는 부질없는 마음이 드는 하루입니다. 어느새 저의 머리에도 하얀 눈이 내리고 있지만 어느 날 내 첫사랑을 다시 만나러 가는 날은 집 앞 미용실이라도 가서 염색을 하고, 철없는 고등학생이 되어 그의 손을 맞잡고 싶습니다.

그동안 많이 보고 싶었다고, 늦게 와서 죄송하다고 말하며 말이죠,

사랑합니다, 선생님.

3

이제는
치유할 때

당신 잘못이 아닙니다

쓸데없는 생각이 나를 어지럽게 해요

회귀본능

다시 돌아오지 않아야합니다. 보다 나은 오늘을 원한다면 말이죠.

여행이란 본디 추억을 만들려고 가는 것이 아니라 삶의 짐들을 버리려 가
는 것입니다. 그러기에 여행에서 돌아오면 쌓였던 스트레스나 걱정근심들
이 사라지는 것처럼 느껴지기도 하지요.

그러나 여행을 다녀온 후 얼마 되지 않아 또 이전과 비슷한 혹은 같은 근
심걱정으로 삶이 피곤한 이유는 무엇일까요?

오늘 문득 들었던 의문입니다.

며칠 지나지 않아 다시 일상의 스트레스로 돌아오는 이유는 바로 '회귀본
능' 때문입니다.

깨끗이 비우고 난 후, 그 다음 단계가 무척이나 중요한데 우리는 그것을 잊고 있었던 거죠.

바로 평온을 유지하기 위해서는 버린 그 상태로 있는 노력이 필요합니다. 더 담으려는, 담겨지는 것에 대한 경계를 늦추어서는 안 됩니다.

하지만 말처럼 쉽지는 않지요. 무인도에 살지 않는 이상, 어제 나의 마음을 어지럽게 한 비슷한 일들이 생기면 또 다시 회귀되기가 쉽지요.

마음이 어지러우면 오염된 생각들이 한꺼번에 쉽게 들어오기 쉽기에 그때를 경계해야 합니다.

눈을 감고 주위를 조용히 한 다음 크게 호흡을 해봅니다. 마음이 어지럽다면 다녀왔던 여행지에서의 아름다운 풍경을 떠올려봅니다. 그런 기억들이 힘들 때 우리를 지치게 하는 바이러스들을 물리쳐 줄 비타민의 역할을 해줄 것입니다.

혹 연휴동안 즐거웠던 행복감을 계속 유지하고 싶다면 마음을 비타민 냉장고에 넣어주세요. 함부로 다른 생각들이 들어오지 못하게 말이죠.

비웠으면 비운 그 상태가 가장 행복할 수 있습니다.

오늘 당신이 행복하기를 기도드립니다.

혼자 할 수 있는 행복해지는 습관이 있을까요?

편한 것만 찾다보면
더 편한 것을 찾는 순리

저에게는 울림이 있는 친구가 있습니다. 아직 만나보지 못하였지만 언젠가 인연이라는 이름이 우리를 만나게 해 줄 것이라 믿고 서로를 응원하고 있습니다.

그 친구는 한국에 있지 않습니다. 중국에 있습니다.

전화통화로 안부를 매일 물어보는 그 친구는 시골 평범한 가정, 한 아이의 아빠이며 가장입니다. 제가 이 친구를 울림이라고 부르는 이유는 무척 간단합니다.

제가 가지지 않은 무엇, 아니 예전엔 가졌었던 그 무엇을 이 친구는 아직 가지고 있기 때문입니다.

이 친구는 매일 아침 7시, 자전거로 30분 걸리는 회사에 도착하여 저녁 5시까지 열심히 현장에서 일합니다. 중국에서 가장 큰 명절이라는 춘절인

날에도 출근을 하였습니다. 그러면서도 무척이나 밝은 목소리로 이야기 합니다.

때론 약간은 피곤한 목소리로 말할 때면 안쓰럽기도 하지만, 집에 돌아가 아이와 함께 하는 시간을 기다리며 오늘도 열심히 자전거의 페달을 밟겠다고 하였습니다. 그런 그는 영어도 수준급입니다. 어릴 적 집안 형편이 어려워 대학을 나오지도 못했지만 틈틈이 짬을 내어 독학으로 영어를 공부하곤 하였답니다. 최소한 아이에게 무식한 아버지는 되기 싫었답니다.

그런 그는 언제나 밝습니다. 일주일에 쉬는 날 없이 매일 출근하지만, 하루도 빠짐없이 웃으며 자전거를 타고 출근하는 회사를 좋아하고 퇴근길이면 귀에 이어폰을 꽂고 영어방송을 듣는다는 그의 이야기를 들을 때면 참으로 많은 생각이 듭니다.

우리는 어쩌면 너무나 많은 것을 가지고 있기 때문에 더 편해지려고 하는 것은 아닌지, 그러면서도 더 많은 것을 가지지 못해 서로를 욕하며 스스로에게 상처를 주는 것은 아닌지 말입니다.

행복지수가 높은 나라였던 부탄 역시, 몸이 힘들었었던 시절에는 서로가 의지하고 마음을 나누었습니다. 하지만 인터넷의 발달과 통신수단의 발전은 부탄을 눈뜨게 만들었습니다. 눈부신 과학발전에만 눈을 뜬 것이 아니라 자신보다 잘 사는 다른 이들과의 비교에도 눈을 뜨기 시작한 것입니다.

때로는 돌아갈 필요가 있습니다. 초심(初審)으로 돌아갈 때가 온다면 우리는 기꺼이 모든 것을 내려놓고 돌아가야 합니다. 지금 모든 것이 불만족스

럽다면 우리가 힘들었던 시절을 한번 떠올려보면 어떨까합니다. 그곳에서
우리가 바랐던 모습은 어쩌면 오늘의 편안함은 아니었을지요?

울림이 있는 내 친구는 오히려 더 현명할지 모릅니다. 세상 모르는 것처럼
살면서도 하늘이 내려주는 기회가 올 때 겸손히 잡을 수 있는 준비를 착
실히 하고 있는지도 모르기 때문입니다. 어쩌면 그는 주어진 오늘을 불평
하지 않고 사랑하며 내일을 꿈꾸는 흰 고래일지도 모릅니다.

원수 같은 사람이 정말 미워요

업장소멸

어떻게 하면 더 행복해질까요?

행복에 대하여 이야기 할 때면 가장 많이 듣는 질문 중 하나입니다.

어떻게 하면 더 행복해질까에 대한 답을 중국어 공부를 하면서 우연히 알게 되었습니다.

"남을 이롭게 하면 자기의 길이 열리고, 남을 힘들게 하면 자신의 길도 막힌다."

자주 듣는 말이면서도 우리가 쉽게 할 수 없는 일.

진정으로 다른 이를 위하는 일, 그리 쉽지 않습니다.
그 이유는 인간은 상호작용을 하기 때문입니다. 해준 일에 대하여 기대를 하게 되고 그에 대한 상호작용이 적절하게 이루어지지 않을 때 선의로 도

와준 초심(初心)을 잃게 되기도 하지요.

남을 이롭게 하는 일, 결코 쉬운 일이 아닙니다.
남에게 해준 일을 쉽게 잊어버릴 수만 있다면 남을 이롭게 하는 일은 어쩜 더 쉬운 일이 될 텐데,
그래서 나이가 들면 기억이 나빠지는 것이 그리 싫지만은 않은 것 같습니다.

남을 이롭게 하지 못한다면 자신의 길이 열리는 시간이 늦추어질 수 있지만 막히는 일도 있습니다. 바로 남을 힘들게 하면 우주의 원리에 의해 자신의 길도 막히게 됩니다.

누구나 한 명 정도, 마음속에 미움을 두고 사는 사람이 있습니다. 그 대상을 용서하지 못하고 힘들게 하려는 경우도 가끔 보게 됩니다. 그렇지만 남을 힘들게 해서는 안 됩니다.

아무리 과학기술이 발달되고 우주여행을 가는 세상이라 하지만 눈에 보이는 것이 전부가 아님을 알아야 합니다. 결국 자신의 오해일 수도 있고, 상대방의 실수일수도 있습니다.

당신이 아는 것이 전부가 아닐 수도 있습니다.

그러기에 용서하려 노력하여야 합니다. 그럼에도 불구하고 그를 용서하지 못한다면 하늘의 뜻에 맡기면 됩니다. 자신이 그 힘듦을 안고 살아간다는 것은 그 원수 같은 사람을 마음에 두고 함께 살아가는 꼴이 되는 것입니다. 온전한 마음으로 살아가기 위해서는 마음속에서 일어나는 소리의 근원을

소멸시켜야 합니다.

마음이 가벼워지는 방법 중 하나는 마음을 잘 정리하는 것입니다.

미운 이가 있다면
가슴에서 비워낼 때가, 하늘의 뜻에 맡길 때가 된 것이라 생각해보세요.

나이 드는 게 무서워요

고집 센 늙은이

나이가 들수록 누구나 '고집 센 늙은이'가 되어간다는 말이 있습니다. 이 말을 처음 들었을 때가 아마 노화(老化)가 무엇인지를 생물시간에 배우기 시작한, 중학교 시절이었던 같습니다. 사람들은 나이가 들면 누구나 늙어가지요, 그렇지만 고집이 세어진다는 것은 생물시간에도 윤리시간에도 그리고 역사과목에서도 나오질 않았습니다.

하지만 세상을 어느 정도 살다보니 이 말이 어디에서 나왔는지 추측해봄직 합니다.

사람은 나이가 들어감에 따라 활동량도 적고, 에너지도 20~30대에 턱없이 부족합니다. 그리고 인생의 황혼기에 접어들 무렵 즈음이면 "무에 그리 힘들게 살아, 나좋다는 사람만 보고 살면 되지."라며 나름대로 인간관계 정리론을 역설하기도 합니다.

'고집 센 늙은이'를 가만히 들여다보면 실상은 이렇지 않을까 싶습니다. 본인도 마찬가지겠지만 다른 사람들에게 그 무엇도 크게 기대하지 않습니다. 그냥 자신이 만들어 놓은 창문으로 다른 이들을 넌지시 바라만 볼 뿐 그 창문을 열려고 굳이 애쓰지 않습니다.

아마도 살아가며 수없이 용기 내어 세상을 향해 열었던 창문으로, 기대했던 바램들이 의미 없는 이름이 되어 자신의 방 안으로 들어왔던 경험을 한 듯합니다. 그리고 더 이상, 자신의 창문을 열려고 하지 않습니다. 기대가 큰 만큼 돌아올 아픔 또한 클 거라는 것은 세상을 통해 너무나 잘 알고 있기 때문일 겁니다.

그렇게 강산이 한 번 두 번 바뀌다 보면 어느새 창문은 아무리 노력해도 열리지 않습니다. 이렇게 사람은 누구나 고집 센 늙은이가 되어가는가 봅니다. 자신을 더 이상 다치게 하고 싶지 않기 때문이죠,

모든 일에는 다 원인이 있다고 마음공부를 통하여 배웠습니다.
그러기에 함부로 누구를 탓하지는 않습니다.
다만 내가 모를 뿐 나름대로의 이유는 다 있을 테니까요.

너무 많은 기대도, 알려고도 하지 않는 것이 좋을 듯 합니다.
혹 이런 위험한 생각을 하고 있는 사람이 있다면 훗날 모래성으로 쌓았던 기대감은 상처로 닫힌 창문을 절대 열 수 없을 테니까요.

세상에 자기 마음 같은 사람은 존재하지 않습니다.

사람들이 내 말을 못 알아들어요

이제 그만해요

"우와 미쳐버리겠네, 정말 너무하다."
지하철 옆자리에 앉은 중년 남성이 하는 말입니다. 강한 악센트에 사투리
까지 쓰는 거친 음성 때문만이 아니라, 목소리에 담긴 그의 답답한 마음이
느껴져서 어쩌면 귀를 더 기울였는지도 모르겠습니다.

"내가 몇 번이나 말했잖아, 근데 왜 그러는지 이해가 되지 않아, 도대체
내 생각을 하는 거니 안 하는 거니?" 직장 동료 간의 대화인지, 가족 간의
대화인지는 몰라도 내리기 전까지 계속된 그의 한풀이 같은 대화는 사람
들 간의 이해관계, 즉 '내마음 같지 않은 야속한 당신'에서 시작된 것 같았
습니다.

지금까지 저는 참으로 많은 사람들을 만났고, 계속해서 인연을 지속하고
있습니다. 소위 잘나간다는 사람부터 힘들어 쓰러지기 직전의 사람들까지
도 만나 보았고, 지구 반대편에 살고 있는 눈동자가 푸른 사슴 같은 그들
과도 이야기하였습니다.

이렇듯 많은 사람들이 거미줄처럼 얽힌 사회라는 큰 섬에 살고 있지만 어느 하나 자신이 생각하는 것과 같은 결을 따르는 사람은 없습니다. 따지고 보면 우리는 어쩌면 자신의 결이나 색상이 가장 비슷한 사람들을 '친구'라는 이름으로 서로를 보듬으며 위로하며 사는 것 같습니다.

하지만 나를 이해해주는 사람보다 그러지 못하는 사람이 더 많다는 것을 인정하기 싫지만 그것이 현실입니다. 자신이 세상을 아름다운 마음으로 보는 것처럼, 다른 이들도 자신을 사랑해 줄 것이라고 생각할 수도 있겠지만 그렇지 않을 수도 있다는 것을 너무나 잘 알고 있지요,

그래서 나이 50에 비로소 깨달은 사실 하나가 있습니다.
"쓸데없는 감정소비는 하지 않는다."가 바로 그것입니다.

많은 사람들이 자신을 좋아해주길 바라고 페이스북이나 블로그에 자신을 포장하여 세상에 내어 놓습니다. 그리고 좋아요라는 하트의 숫자에 자신이 인사이더인지 아웃사이더인지 세상으로부터 확인받고 자랑스러워하기도 하지요.

제가 볼 때는 이건 '중독된 감정의 소비'인 것 같습니다. 개인적으로 만나는 관계에서부터 온라인으로 만나는 불특정다수의 사람들까지 우리는 감정을 속이고 사회의 잣대에 자신의 감정곡선을 맞추고 있는거지요.

내 감정이야 어떻든 보이지 않는 공기 속 흐름을 잘 맞추고 살아야, 올바른 감정을 가진 사람이라 인식되는 부서지기 쉬운(fragile) 사회섬에 갇혀 사는 우리는 너무 지쳐있습니다.

제가 생각할 때는 그렇습니다. 불필요한 감정의 소비는 이제 그만해야 합니다. 정말 자신이 사랑하는 시간에 열정을 태우고, 자신을 좋아하는 가족과 친구들과 마음을 함께 공유하고 그 안에서 노래하고 춤추고 때로는 슬픔을 나누어야 합니다.

어디로 흘러가는지도 모르는 세상이라는 바다 한 가운데서 자신의 감정을 계획 없이 뿌린다고만 하면, 자신이 흘러가는 방향성을 결국 잃게 되지 않을까요?

사람의 인연도 배터리와 같습니다. 우리가 알지 못하는 정해진 시간 속에서 우리는 서로 만나 사랑을 하고 의지하기도 합니다. 인연이라는 말 자체에 녹아 있듯 인연이란 나무의 줄기는 언젠가 가늘어지고 끊어지기도 합니다.

그러니 너무 내 마음 같지 않은 그에게 기대도 원망도 하지 않았으면 합니다.

너무 많은 바람으로 감정을 소비하여 당신 스스로가 힘든 일이 줄어들었으면 합니다.

이제는 사회의 기준에 맞추어진 중독된 감정의 소비에서 벗어나

진정한 나의 행복을 찾을 때입니다.

자신 있게 불필요한 인연을 끊어내는

용기를 가진 사람이 어쩐지 멋져 보이는, 안개가 멋진 아침입니다.

살아있다는 느낌이 없어요

마음에 쥐가 날 때

저는 발에 쥐가 잘 나는 아이였습니다.
불과 1분도 지나지 않아 풀렸지만 그 당시는 꼼짝하기도 어려웠습니다.
그래서 할머니의 가르침에 따라 코에 침을 바르기도 했었습니다.

지금 돌아보면 코에 침을 바르는 것 자체가 효과가 있는 것이 아니라, 발에 집중한 나의 주의를 다른 곳으로 분산시켜 효과 있는 것처럼 느꼈던 것 같습니다.

살면서 다리에 쥐가 나는 경우는 잠시 시간이 지나면 해결됩니다.
쥐가 난다고 병원을 가거나 약을 사먹는 경우는 없습니다.

하지만 마음에 쥐가 난 경우, 어떻게 하시는지요?

내 몸에 있다고 생각되지만 이 마음이란 놈이 대체 어디에 있는건지 모르겠습니다.

마음에 쥐가 날 때

머리에 있어 머리가 아픈 건지, 아니면 가슴에 있어 가슴이 아픈건지도 모르겠습니다.

마음에 쥐가 날 때면 여간 힘든 일이 아닙니다.
쥐가 난 마음은 찰흙처럼 시간이 지나면 점점 딱딱해지는 느낌이 들 때가 있습니다. 이때 제대로 풀지 못하면 아예 굳어서 금방이라도 부서질 것 같아 두렵기도 합니다.

이럴 때 쥐가 난 마음에 침을 바르는 방법 하나를 알려드릴까 합니다.

바로 좋아하는 사람들을 만나는 것입니다.
자신이 좋아하는 그리고 자신을 좋아하는 사람을 만나면 마음에 있던 우울감은 서서히 빠져나가고 자존감이라는 물질이 서서히 차오르게 됩니다.

자신을 아껴주는 사람, 자신을 사랑해주는 사람이 중요한 이유는 바로 여기에서도 찾을 수 있습니다. 보이지 않는 정신적 지지는 바로 그들에게서부터 비롯되는 것입니다. 우리는 그들로부터 방전된 우리 마음을 충전시킬 수 있습니다.

사랑하는 이의 존재만으로도 마음의 경련은 서서히 멈추고 사라질 수 있습니다.

할아버지, 보고 싶어요

타인의 시선에서
자유로워지기

"할배가 최고야, 할배는 못하는 게 없는 거 같아." 어디선가 아직 말이 서툰 아이의 목소리가 들려옵니다. 산책을 하다 나도 모르게 무심히 고개를 돌려봅니다. 이제 겨우 3살이 되었을 듯 한 아이, 할아버지의 품에 안겨 너무나 신이 나있습니다. 그 아이는 마치 세상에서 가장 행복한 사람인 것 마냥 함박웃음이 가득합니다. 시선을 돌려 할아버지를 바라봅니다. 할아버지 역시 손자 녀석의 칭찬에 기분이 좋으셨는지 약간 메마른 얼굴이었지만, 얼굴 한가득 활짝 핀 웃음꽃이 참 보기가 좋았습니다.

잠시 후 저는 그들이 무언가를 타고 있다는 것을 알았습니다. 그것은 바로 장애인용 전동차였습니다. 아마 할아버지는 오래전 사고를 당하셔서 몸이 많이 불편하셨던 것 같습니다. 그것이 무엇인지도 제대로 알지 못하는 어린 손자의 성화에 하는 수 없이 할아버지는 손자를 태우고 공원으로 나온 듯 하였습니다.

3살 손자가 타던 유모차보다 생전 처음 타보는 할아버지의 장애인 전동차가 빨라 더 신이 났을 수도 있고, 어쩌면 따뜻한 할아버지의 품이 좋아 안기고 싶어 그랬을 수도 있었을 것입니다. 또 어쩌면 할아버지가 하루 종일 집에 계시는 것이 안쓰러워 효심으로 할비의 손을 이끌고 나갔을 수도 있겠습니다. 이유야 어떻든 손자의 바람으로 할비의 손을 꼬옥 잡은 두 사람의 모습은 참 행복해 보였습니다. 하지만 할아버지는 어쩌면 자신의 불편한 몸을 전동차에 의지한 채 손자를 태우는 것이 무척이나 부끄러웠을 수도 있었을 것 같습니다.

남들의 시선 위에서 살아가는 삶은 힘들 수밖에 없습니다. 만약 할아버지가 불편한 모습을 남들에게 보여주기 싫어 집 안에서 나오시지 않았다면 어땠을까요? 할아버지의 마음은 더욱 힘들어질 수밖에 없고 손자와의 오늘 데이트도 할 수 없지 않았을까요?

세상을 무인도로 만들 수도 있고, 사람들로 가득한 전통시장으로 만들 수도 있는 것은 우리의 마음입니다. 마음이 병들면 그 안에 있던 추억들도 점점 잊혀 가고 시장에 있던 사람들도 하나둘씩 어디론가 사라져 사람이 살지 않는 무인도가 되는 것이지요,

세상을 반드시 이렇게 살아야 한다는 매뉴얼은 세상 어디에도 없습니다. 하지만 한 가지 확실한 것은 세상을 위해 내가 살아간다는 대단한 소명의식보다는 그들의 시선에서 가끔씩은 벗어나 자유롭게 살아간다는 마음이 행복의 측면에서는 더 좋을 것 같습니다.

내일도 모레도 손자는 할비의 손을 잡고

세상 제일 행복한 웃음을 지으며

할아버지를 자랑스러워하며 공원투어를 할 것 같습니다.

그를 보며 어쩜 그 아이가 세상에서 제일 행복하지 않을까하는

부러움에 갑자기 나도 모르게 눈시울이 붉어집니다.

한동안 잊고 있었던 내 할아버지.

할아버지의 가슴에 안겨 자전거를 타던 제 어릴적 기억때문인가 봅니다.

오늘따라 돌아가신 할아버지가 무척이나 보고 싶은 흐린 아침입니다.

할아버지 잘 계시는지요?

쓸데없는 삽질이잖아?

삽질하지 마세요

　　　　　　　이 말을 들어본 적이 있는지요? 저 역
시 가끔 들어는 보았지만 무슨 뜻인지 정확히 알지 못하였습니다. 사실 나
이가 들면서 좋은 것 중 하나가 세상을 편하게 산다는 것, 즉 내가 모르는
것은 모르는 대로 살아가도 된다는 것, 굳이 알아야 한다는 강박증에서 서
서히 벗어난다는 것입니다.

어쨌든 학교에서 배우지 않은 말은 굳이 몰라도 최소한 무식하다는 소리
듣지 않을 것 같아 모름에 대한 부끄러움을 무시하고 잘 살아왔는데요, 얼
마 전 이 말뜻을 알고는 한동안 멍하니 생각에 잠기지 않을 수가 없었습
니다.

삽질하지 마라의 사전적 의미는 이렇습니다.
1. 삽으로 땅을 파거나 흙 따위를 떠내는 일을 하다.
2. 공연히 쓸데없는 짓을 하다.

오늘 제가 하고 싶은 의미는 당연히 두 번째이겠지요.

여러분은 삽질, 즉 공연히 쓸데없는 짓을 할 때가 있는지요? 밥 먹기도 바쁜 사람들이 왜 공연히 쓸데없는 짓으로 시간을 낭비할까라는 생각이 머리를 스치고 지나가지만, 저 역시 삽질한 적은 없는지 되돌아봅니다.

키보드 위에 손을 떼고 커피잔을 만지작거리며 곰곰이 생각해보아도 크게 삽질 한 적은 없었던 것 같았습니다. 고등학생 시절 공부 안하고 게임에 빠져 삽질한 적도 없고, 대학생 때 예쁜 여학생과의 짝사랑에 흠뻑 빠져 공부가 아쉬웠던 학창시절이라 할 만한 삽질도 한 적이 없었던 것 같습니다. 그러고 보면 참 저는 그런대로 공연히 쓸데없는 짓은 하고 살지 않았던 것 같습니다. 나름 시간을 아끼고 살았구나라며 스스로를 토닥거릴 수도 있을 것만 같았습니다.

하지만 정작 성인이 되고 아버지라는 명찰을 가슴에 달자 삽질은 시작된 듯합니다. 제게 있어 삽질의 정의는 '가만히 있지 못하고 무엇이라도 끊임없이 해야만 하는'으로 해석됩니다.

심리학적으로 볼 때 우리 인간은 쉴 때는 쉬어야합니다. 하지만 대부분의 우리 어른들, 특히 아버지와 어머니들은 자신도 모르게 밤낮 삽질을 하고 있습니다. 정작 어디를 파고 있는지 왜 파고 있는지도 모른 채 '아버지이기에, 어머니이기에' 쉬지 않고 가정을 위해, 아이를 위해 무언가를 했어야만 했습니다. 어쩌면 그것이 더 편했을지도 모릅니다.

사실 막연한 불안함이 닥쳐올 때 우리는 무엇이라도 해야 한다는 책임감으로 삽질을 하게 되지요. 그런 삽질이 과연 우리 몸과 마음에 도움이 될지도 의문입니다. 몸은 이미 지쳐있지만 계속 움직여야만 한다는 프레셔(Pressure)가 가중되어 녹초가 되고, 정신은 너덜너덜해져서 지나가는 개도 안 물어갈 정도로 낡아 있을지도 모릅니다.

때로 그 삽질이 무엇이라도 하고 있다는 의미로 해석되어 우리를 더 편안하게 해 줄 수는 있습니다. 하지만 그러한 해석으로 단기간 행복한 감정이 우리 곁에 머무를 수는 있지만 바람이 불면 서서히 사라지게 됩니다.

이 사실을 안다면 우리는 오늘부터라도 삽질을 멈추어야 합니다. 공연히 쓸데없는 짓을 하는 것이 삽질이 아니라, 가만히 있지 못하고 무엇이라도 해야만 한다는 그런 의미 없는 책임감에서 해방되어야만 합니다. 우리가 가는 길을 정확히 안다면 절대 삽질 할 일은 없거나 확연히 줄어들 수 있습니다.

오늘 우리가 온전히 살아가려면 달려가던 발길을 멈추어 잠시 길에게 물어야만 합니다. 내가 가는 길이 어떤 길인지, 그 길의 종착지에는 과연 누가 기다리고 있을지 말입니다.

다른 이에게 사랑한다는 말하기가 어려워요

헤어짐의 철학

제가 쓰는 책에는 빠지지 않는 주제가 하나 있습니다.

바로 헤어짐입니다.

인연이라는 우산 아래에서 누군가를 만나는 것이 자연스럽게 이루어지듯 헤어짐 역시 그러해야 합니다. 하지만 사람에게는 욕심(慾心)이라는 놈이 마음속에 있어서인지, 헤어짐은 만남보다 훨씬 더 힘이 듭니다. 심지어 부질없는 인력(人力)으로라도 어떻게든 그 인연의 끈을 잡고 싶어 하는 일도 있습니다.

시간이 지나면 인연이 어디서 어떻게 시작되었는지 기억 못하는 경우가 있습니다. 이런 저런 추억들 사이에 묻힌 채 지나가는 시간들 속에서 정작 기억해야 할 처음의 마음은 온데간데 없고, 욕심이 점점 집착(執着)이라는 이름으로 변색되어 가기도 합니다.

"한 사람을 만나 좋아하게 되면 그 사람의 낮을 가지고 싶고, 사랑하게 되면 밤을 가지고 싶다."는 말이 있지요. 이렇게 낮과 밤을 가진 사람은 인연이 영원하리라는 착각에 살 수 있습니다. 하지만 신이 아닌 이상 이 세상 존재하는 모든 것에는 이별이라는 마지막 수식어가 붙습니다.

떠나가는 것을 담담히 볼 수 있는 마음의 자세도 필요합니다.

떠나는 사람이든지, 그 반대의 입장이든지 중요하지 않습니다. 함께했던 시간들을 소중히 생각하고 아름답게 기억할 수 있는 마음이라면 이별의 끝이 그리 쓰라리지만은 않을 것 같습니다.

그리고 지금 사랑하고 있다면 절대 아껴서는 안 되는 것이 한 가지 있습니다.

바로 '사랑한다'는 말입니다. 사랑하는 사람들과의 헤어짐 이후 가장 아쉬워하는 것들 중 하나는 바로 사랑한다는 말을 자주 못한 것입니다.

세상을 살아보니 그렇습니다.
표현하지 않는 사랑은 더 이상 사랑이 아니었습니다.
누군가가 더 이상 표현하지 않는다면 그 사람과의 인연의 끈은 서서히 사라지는 것이지요.

사랑한다면 그 마음을 말하십시오. 그리고 오늘을 함께 하십시오.

그것이 어쩌면 헤어짐에 우리가 대처할 수 있는 마음의 철학이 아닐까 생각합니다.

혹시 책을 많이 보면 도움이 될까요?

마음의 영양실조

지인의 집에 초대를 받아 가면 저는 항상 서재를 구경하곤 합니다.

삶의 방향을 평소 말이나 행동으로 추측할 수도 있지만, 근본적으로 서재에 꽂힌 책들도 쉽게 파악되기 때문입니다. 부동산이나 재테크에 관심이 있는지, 여행이나 건강에 관심이 있는지, 책장 안에서 숨을 쉬고 있는 책들을 보면 어느 정도 공통점을 찾을 수가 있지요, 그 공통분모들이 바로 그의 오랜 성향이며 가고자하는 인생의 흐름인 것입니다.

그런 생각으로 오늘 아침 제 방을 살펴봅니다. 버리기도 기부하기도 하지만 여전히 자기자리를 찾지 못한 책들이 저의 책상 위까지 점령하여 높은 탑을 쌓고 있습니다. 마치 순서를 기다리는 웨이팅리스트처럼 말이죠,

물끄러미 책의 제목들을 다시 한번 봅니다. 나도 모르게 내 마음이 결핍된 부분이 있다면 그 감정으로 우리의 무의식은 결핍을 보충하기 위하여 관련된 책을 찾게 되지요, 음…. 그리고 보니 제 책상위에는 행복에 관한 책

들로 가득합니다. 주로 사람의 마음을 읽는, 다스리는, 이해하는 책들이 참 많습니다. 글을 읽고 책을 쓰고 강연을 해도 아직 결핍된 부분은 여전히 행복인가 봅니다.

한동안 저는 글도 쓰지 않고 책도 잘 보지 않았습니다. 그 이유는 어느 날 이런 생각이 들더군요. "이렇게 수백 권의 책을 보고도 내 마음을 잘 모르고 스스로가 행복하지 않다면 책을 볼 필요가 무엇인가? 그리고 글은 또 써서 무엇하겠는가?"하는 자문이 있었기 때문입니다.

아무도 보지 않는 내방에서 책을 한 달에 한 권 읽으면 어떻고 또 백 권을 읽으면 어떻습니까? 또 책을 한 달에 수십 권을 읽고도 몸과 마음이 변화되지 않으면 의미 없다는 생각이 지난 몇 달간의 저의 조용한 반성이었습니다.

오랜 방황을 마무리하고 이제는 내 스스로가 책이 되어보기로 결심하여 봅니다.

오래된 좋은 책은 남들에게 요란스럽게 말하지 않습니다. 그 자체가 좋은 책이기 때문에 사람들을 기다릴 줄 알고, 심지어 사람들의 따스한 손길이 닿지 않는다고 해도 스스로가 행복하다면 좋지 않을까합니다.

낙서도 괜찮을까요?

글을 쓴다는 건

사람마다 글을 쓰는 이유는 다를 듯합니다.

잊지 않기 위해서,
무언가를 기록하고 남기기 위해,

그러고 보면 무엇을 쓴다는 자체는 잊지 않기 위함이라 생각되네요,

공원에 나가 산책을 할 때면, 갑자기 떠오르는 무엇이 있습니다.

잊고 있었던 누군가에게 안부를 물어야하는,
평소 떠오르지 않던 아이디어가 생각하는,
혹은 몰래 숨겨두었던 비상금이 생각날 수도 있지요,

이런 저런 상념들은 그저 바라만보고,
마음이라는 체에 걸린 보석 같은 깨달음만 안고 집으로 갑니다.

조용히 커피 한잔을 마시며 생각을 정리하여 봅니다.

제가 글을 쓰는 까닭은 누구에게 보여주기 위함도 아니고 자랑하기 위함도 아닙니다.

글을 쓰는 가장 큰 이유는 내 마음속에 담겨진 그 생각들이 쉽게 날아가지 않도록 옷을 입혀주는 작업입니다. 시간이라는 바람 속에 마음에 살포시 앉았던 생각들이 쉽사리 날아가지 않고 오랫동안 내 마음속에 남아있도록 하는 작업이지요.

이런 작업들은 꽤나 즐겁습니다.

마치 바보가 한글을 하나둘씩 깨우치듯 이미 알고 있는 것들이지만 진정 내 것이 되지 못한 것들이 내 것으로 체화되어가는 숭고한 과정인 듯 싶을 때도 있으니까요.

아마 우리는 고등학교를 마칠 즈음, 세상의 흐름은 책을 통해 어렴풋이 다 배웠다고 생각합니다. 다만 그것을 얼마나 진실된 마음으로 깨우치고, 그것을 우리의 삶에 녹여 살아내느냐의 문제인 것이죠.

글을 쓰는 일은 자신을 돌아보게 만드는, 그리고 삶을 더 공고히 만드는 작업입니다. 만약 오늘 당신의 마음속에 반성의 소리든, 내일을 향한 힘찬 소리든 조용히 글 위에 옮겨보는 작업, 한번 해보지 않으시겠습니까?

오늘 유난히 그가 그리워요

비는 맞으면 될 뿐

"최후배는 볼 때마다 늘 열심히 사는 것 같아 보기 좋아요."
그는 나지막한 중저음의 성우 같은 목소리를 가진 분이었습니다. 20년
선배인지라 그와 학교를 같이 다니지는 않았지만, 문학동아리 선후배라는
이유만으로 무척이나 가까웠습니다. 다른 선배들도 있지만 유독 그 선배는
고향에서 올라온 나를 볼 때마다 따뜻하게 맞아주고 이야기해주었습니다.

오늘 우연히 그분의 소식을 듣게 되었습니다. 작년 겨울 췌장암으로 병원
신세를 얼마 안지고 바로 세상을 뜨셨다는 것을요, 이 말을 듣고 갑자기
몸에 한기(寒氣)가 스산히 느껴졌습니다. 그토록 맑은 음성으로 시를 사랑
하고 세상을 음미하며 살아가시던 분이 갑자기 생을 마감하였다는 사실에
몸과 마음이 적잖은 충격을 받은 모양입니다.

이 말을 전해준 선배 역시 한동안 제가 연락이 안 되어 많이 걱정하였다는
말과 함께 "최교수, 살다가 힘들다고 연락을 끊지 말고 연락하게나, 언제든
손잡아 줄 사람이 여기 한 명은 있으니 말일세."라는 말을 덧붙입니다.

저도 작년 한해 힘든 일로 세상을 잠시 멀리하였습니다. 그러는 동안 세상을 보는 눈은 많이 달라졌고, 몸과 마음도 과거와는 달라졌습니다. 제가 아는 정신과 전문의께서 이런 말씀을 하시더군요, "사람이 힘든 일을 거치게 되면 절대 과거와 같은 사람은 될 수 없습니다. 그것이 좋은 방향이든, 나쁜 방향이든 사람은 변할 수밖에 없습니다. 사람이 어떤 충격에도 반응하지 않고 힘들어하지 않는다는 것은 죽은 것과 다름이 없습니다. 즉 사람은 살아가기 위해 스스로 적응하고 변화하는 것입니다."

세상을 살아가며 우리는 주위에서 생기는 크고 작은 일들로 의식적으로든 무의식적으로든 반응을 하고 살아갑니다. 하지만 충격을 받은 후, 그 다음 단계에서 어떤 방향으로 흘러가느냐에 따라 삶의 흐름 또한 바뀌게 됩니다. 사랑하는, 존경하는 사람을 잃은 경우에 오는 충격은 다른 것보다 강도의 세기가 훨씬 강합니다. 이제는 그분을 다시는 못 본다는 슬픔이 가중되기 때문일 테지요.

사람을 잃고 나면 그분의 생전 재미있었던 이야기, 추억, 그리고 그의 목소리가 생각납니다. 그리고 슬픔은 한동안 계속되겠지요, 하지만 우리가 너무나 잘 알고 있듯이 시간이 지나면 언젠가는 다시 또 다른 모습으로 만날 것을 알기에 우리는 이 생에서 더 열심히 살아야한다는 다짐을 하게 됩니다. 또한 남은 사람들의 소중함을 더 한번 생각하게 됩니다.

선배가 보내준 글들과 사진을 보던 중, 마음에 와 닿는 글귀 하나를 찾았습니다.

세상은 배짱 있게 사는 거야.

어떤 일이 있더라도 절대 기죽으며

살 이유는 하나도 없어.

살다보면 이런저런 일이 많이 생길 테지만

그 역시 모두 지나가는 비와 같은 거니까 말이야.

비를 맞았다고 세상과 멀리 할 이유는 없지 않은가."

함께 하고픈 사람이 되려면

사회라는 섬 위에선 혼자 살 수 없기에 사람들을 만날 수밖에 없습니다. 만나는 이들 중에는 오랫동안 알고 있는 사람도 있지만 처음 만나는 사람도 있습니다.

산책을 하다가 이런 생각이 들었습니다.
과연 어떤 사람과 함께 이야기하고 일할 수 있는가?
그리고 그 구별은 어떤 것인가 말이죠.

일반적으로 함께 하는 오랜 시간이 그 사람을 판단하게 하거나 사회에 떠도는 평판을 통해 어렴풋이 알 수도 있습니다.
하지만 그리 오랜 시간을 두지 않아도 사람을 알 수 있는 방법이 있습니다.

오늘은 맹자의 경전에 나오는 한 구절로 제 생각을 대신할까합니다.

자포자불가여유언야(自暴者不可與有言也)
자기자불가여유위야(自棄者不可與有爲也)

스스로 모질게 구는 자와는 함께 이야기할 것이 못된다.
스스로 돌보지 않는 자와도 함께 일할 것이 못된다.

자포자기(自暴自棄)가 여기에서 나온 말이기도 하지만, 이 구절은 볼 때마다 저를 깊은 생각에 빠지게 합니다.

남의 허물을 말하기에 앞서 스스로가 나를 잘 돌보는가, 이미 지나간 일들로 너무 자신을 모질게 굴고 있지는 않는지 말이지요.

나이가 들어감에 사람은 두 가지 분류로 나누어집니다.

자신을 돌보는 사람들과 그렇지 못한 사람.

세상에서 제일 소중한 건 무엇입니까? 라는 질문을 하면 많은 사람들은 자식, 부모님을 말합니다. 하지만 생각보다 자신이라고 말하는 이는 많지 않습니다.

자신을 사랑하는 것이 세상을 살아가는 첫 번째 원칙이 되어야 하지만 우리는 아들, 딸 그리고 아버지, 어머니라는 너무나도 많은 이름으로 살면서 그 사실을 잊기도 합니다.

자신을 무척이나 가꾸는 분들도 계십니다. 화장을 곱게 하고, 옷도 항상 밝게 입으시고 운동도 열심히 하십니다. 혹자는 '별나다'라고 할 수 있지만, 저는 그렇게 생각하지 않습니다. 자기를 사랑하는 사람이야 말로 자존감이 강한 사람이기 때문입니다.

자존감이 강한 사람은 남들의 시각 위에 자신의 행복을 쉽게 올려놓지 않습니다.

나이보다 젊어 보이는 옷을 입고, 운동을 하여 몸을 가꾸며, 어제의 실수에 대하여 너그럽게 자신을 용서하는 사람이야 말로 함께 이야기하고 일하고 싶은 사람입니다. 그런 사람들의 공통점은 항상 얼굴에는 미소가 잔잔히 퍼져있고, 늘 여유가 있습니다. 심지어 요즘처럼 몸과 마음이 지쳐있는 이 시대에서도 말이지요.

오늘은 비가 온다고 하여 일찍 산책하러 나갔는데 어제 저녁 친구와 함께 마신 술로 몸이 무겁게 느껴지네요. 어제 스스로 돌보지 않은 저를 돌아보며 아침을 시작합니다.

내 미래가 궁금해요

잊어버린 패턴을
찾을 수 있다면

강연 때 자주 하는 말이지만, 행복하려면 행복패턴을 만드는 것이 중요합니다.

흔히 말하는 바이오리듬이 각자 다르듯이, 누구에게나 적용되는 일관적인 행복패턴이란 존재하지 않습니다. 그러기에 우리는 자신만의 패턴을 찾고 만드는 것이 참 중요한 것 같습니다.

패턴은 말투, 태도에서 시작되어 인생전반 모든 부분에 알게 모르게 적용됩니다. 이러한 패턴들을 쉽게 말해 습관이라고 부를 수 있습니다. 말투와 태도에서 그 사람의 성향이 비치고 걸어온 길들과 미래의 모습도 보입니다.

새벽에 일어나 공원에서 한 시간 가량 보내고 들어옵니다. 마스크를 쓰고 걷는 것이 다소 답답하긴 하지만 어느새 저나 다른 분들도 습관이 된 모양입니다. 이 또한 코로나가 우리 아침을 바꾸어 놓은 패턴이라 할 수 있습니다.

오늘 어떤 남자분이 다가와 말을 건넵니다. "매일 아침 봤는데 운동하는 패턴이 나와 비슷해요, 운동도 참 열심히 해서 보기 좋습니다." 환갑을 훌쩍 넘겨 보이는 온화한 얼굴에 남자 분은 저를 지난 몇 달간 유심히 본 모양입니다.

그와 이런 저런 이야기를 하면서 그가 가지고 있는 삶의 패턴을 살짝 엿볼 수 있었습니다. 퇴직 후 삶을 바라보는 태도, 사람들을 대하고 맞이하는 마음 등에서 그의 지난 인생이 보이는 듯 하였습니다. 그리고 지난 삶에 대하여 아쉬워하는 부분도 있었습니다. 그러나 자신이 부족하다는 면에 대하여 인지하면서도 고치지 못하는 것으로 보였습니다. 충분히 고칠 수 있는 패턴인데도 말이지요.

만약 삶의 패턴을 스스로 진지하게 살펴보는 시간을 가질 수 있다면 우리의 결핍된 행복에 대하여 새로운 패턴을 만들어 볼 수 있지 않나 생각합니다.

요즘 시간이 많다고 느껴지는 때라면 자신의 마음을 닦을 기회를 줄 수도 있고, 긴 장마로 살이 불어난다고 생각하면 식단패턴을 살짝 바꾸는 일도 좋을 듯합니다.

저 역시 하루에 만보를 걷고 운동을 매일 하려 노력하지만 몸이 크게 변하지 않는 이유는 어쩌면 생활에 고쳐야 할 다른 패턴이 있지 않을까 생각해봅니다.

세상 모든 일들은 상호작용에 따라 움직입니다. 사람의 마음뿐 아니라 몸까지도 말이지요.

당신의 패턴은 어떠한지요?

내가 누군지 어떻게 알까요

또 다른 나

자신을 대변하는 듯 한 물건이 누구나 하나쯤은 있습니다. 예전에는 대표적인 것들이 아마 집이였던 것 같습니다. 얼마나 큰 평수에 살고 있는지가 말하지 않아도 자신의 위치를 나타내는 실체였습니다. 그러다가 세월이 흘러 핸드폰이 나오면서 점점 더 작고 반짝이는 핸드폰이 얼마나 자신이 트렌디한 사람인지를 보여주는 실체가 되었습니다.

요즘은 어떤지 생각해보면 아마 자동차가 아닌가 합니다. 집은 전세에 살고 있으면서 타고 있는 차는 전세 값을 넘는 사람들도 주위에서 적지 않게 보게 되니 말이지요.

그런 생각들로 오늘 저를 돌아봅니다. 차도 15년이 훌쩍 넘었고, 핸드폰도 4년이 다 되어가는 걸 보니 남들의 시선에는 그리 신경을 쓰지 않는 듯 보여 집니다. 외면보다 내면이 더 중요하다 생각하는 터라 그런가 봅니다. 하지만 오늘은 한 가지 필요 없는 것들이 눈에 보이네요. 요즘 들어 가끔

적 버리려는 노력을 무던히도 하는데 말이죠.

필요 없는 것이라 생각한 건 바로 오래된 책들입니다.

예전 대학원시절 교수님들 댁에 가면 서가에 있는 많은 책들이 마치 교수님의 지식을 대변하는 듯 하여 아마 그 시절 무척이나 부러웠던 모양입니다. 지금 제 책장을 보면 적지 않은 외국원서들과 전공서적들이 책장의 많은 부분을 차지하고 있습니다. 박사를 졸업한 지도 적지 않은 세월이 흘렀고, 대학에서 가르치는 교재도 아닌데도 아직 제 곁에 있는 책들을 보면 한 편 자존감을 그곳에서 찾으려는 미련한 마음 때문은 아닌가 하는 생각도 듭니다.

손때 묻은 그리고 그 시절 코피를 흘리며 공부한 흔적까지 모두 소중하기에 이사를 몇 번 하면서도 버리기가 참 어려웠습니다. 보지 않는 족보(族譜)들 옆에서 자랑스럽게 서 있는 그 책들이 어쩌면 저를 대변하는 모습들이었지 않나 싶습니다. 굳이 누가 보지 않더라도 나를 대변하는 책들 사이에서 지난 수년간 혼자만의 사랑에 빠지지는 않았나하네요.

버려야 새로 채워진다는 것을 알기에 오늘은 용기 내어 추억의 책들을 정리하려 합니다. 지금까지 그랬듯이 깨끗한 책들은 기증하고 낡은 책들은 아파트 분리수거장으로 보낼까합니다.

나를 대변하는 것은 어쩌면 물건이 아니라

내 마음 깊은 곳에서 웃고 있는 자아(自我)가

되어야 하지 않을까요

4

하늘의 이치를 보다

당신 잘못이 아닙니다

이제 늦은 거 같아요

하늘은
스스로 돕는 자를 돕는다

사람들이 가끔씩 물어봅니다. 왜 그리 열심히 사느냐고요.

이 말을 들을 때마다 스스로에게 되물어봅니다. 내가 과연 열심히 살고 있기나 한건지, 그리고 이 말이 정말 칭찬인지를 곰곰이 생각해보면, 어쩌면 안쓰러워하는 말은 아닌지 하는 생각도 듭니다.

어느새 대학과 대학원을 마치고 남을 가르치는 일까지 하지만 여전히 나는 부족하고 나아갈 길이 멀다고 여실히 느끼며 살아가고 있습니다.
편하게 산다는 것의 의미를 잘 모르겠습니다. 하지만 몸과 마음이 편하면 그것이 곧 편한 것이라면 행복이라 말 할 수도 있겠습니다.

그러나 우리 인간은 늘 불안이라는 감정의 그림자 위에 살아가고 욕심이라는 또 다른 이름을 마음에 담고 살기에 편해지기란 여간 쉬운 일이 아닌 것 같습니다.

사설이 길었네요.

어쨌든 제가 열심히 사는 것인지는 모르겠지만 요즘 한 가지 드는 생각이 있습니다. 그것은 바로 열심히 사는 것과 그렇지 못한 것에 대한 결론적인 책임은 바로 자신이 몫이라는 것입니다.

주어진 하루, 24시간동안 우리는 선택의 갈림길 위를 걷게 됩니다.

당신이 어떤 선택을 하든 나무라는 사람은 아무도 없습니다. 즉 평범한 시간을 보내는 것과 가치 있는 시간을 선택하는 것은 순전히 본인의 선택이지요, 어떠한 선택을 하든 선택한 시간들은 모여 십년이 되고 또 평생이되어 그 사람의 인생의 색을 만들어내기도 하지요.

주위에 적지 않는 사람들이 삶의 무게로 힘들어하고 좌절하고 있습니다. 그런데 가만히 살펴보면 두 가지 분류로 나누어집니다. 먼저 힘들어하는 상황을 그 상황으로만 받아들이고 남의 탓, 결국에는 팔자라면서 하루의 마감을 쓴 소주로 하는 경우이지요, 알콜 중독이 안 된 것이 그나마 다행일지는 모르나 밖을 나가기 싫어하는 이유로 살은 계속 찌고, 공황장애에 대인기피증까지 생기는 부류입니다.

그리고 두 번째 생각되는 분들은 이렇습니다. 물론 힘들지만 하루를 열심히 살아가려 노력합니다. "그치지 않는 비는 없다."라는 말처럼 내리는 폭우에서도 춤을 출 수 있는 용기로 하루를 살아갑니다.

아침 해가 뜨기 전에 집 앞 공원에 나가서 1시간을 걷고 들어오고, 따뜻한

물에 몸을 씻고 난 후, 집 앞 도서관을 향합니다. 자식들도 하지 않는 외국어 공부를 시작하기도 합니다. 그것도 열심히 말입니다. 그 이유를 물어보면 답은 더 명쾌합니다.

세상일 누가 압니까? 외국에서 살게 될 수도 있고, 그게 아니면 최소한 치매는 걸리지 않겠지요.

저 역시 세상을 살아보니 느끼는 것들 중 하나가 바로 이것입니다. 하늘은 스스로 돕는 자를 돕는다. 그리고 노력하는 자에게, 준비된 자에게 기회는 온다는 것이죠.

이제 선택의 몫은 바로 우리의 마음에 있습니다. 전자의 모습으로 살아갈 것인지, 아니면 후자의 모습으로 살아갈 것인지 말이죠.

하늘의 뜻을 알려고 노력하는 자는 시간의 소중함 역시 아는 사람이고, 사람의 인연도 귀하다는 것을 이해하는 사람일 것입니다.

다른 것은 다 몰라도 한 가지만 생각하고 싶습니다.

내가 지금 하는 일보다 더 이 시간에 가치 있는 일이 있다면 나는 그것을 할 것이다. 그리고 하늘은 스스로 돕는 자를 돕습니다.

멋진 인생만 인생인가요?

고아가 된 선배

　　　　　　　평소 좋아하던 선배에게서 연락이 왔습니다. 오랜 시간을 같이 보내지는 않았으나 마침 그의 사무실이 지근거리라 지난 수년간 자주 안부를 묻는 사이가 되었습니다. 코로나로 한동안 보지도 못했던, 그런 그가 며칠 전부터 보자는 연락이 부쩍이나 늘었습니다.

대부분의 식당이 일찍 문을 닫는 터라 얼굴만이라도 보려는 심정으로 선배의 사무실을 찾았습니다. 바쁜 후배 시간을 아낀다며 이미 주문해놓은 초밥도시락은 저를 기다리고 있었습니다.

이미 50대 중반에 들어선 선배, 삶에 대하여 본인만의 뚜렷한 철학을 가지고 있던 그라 생각했지만 작년은 그에게 너무나 힘든 한 해였었고, 그 힘들었던 시간들이 이제는 외로움이란 이름으로 가슴 속에 넘쳐 저와 이야기하고 싶었던 모양입니다.

"작년 초 아버님을 보내드리고 참 힘들었는데, 지난달에는 어머니까지 보내드리니 이젠 나는 고아(孤兒)일세."

평소 말수가 그리 많지 않던 그가 어제는 적지 않은 시간을 이야기하였습니다. 옆에서 들어 주는 것만으로도 그에게는 위로가 되지 않을까하는 생각에 아무 말 없이 듣기만 하였습니다. 그 어떤 위로도 아직 상처가 아물지 않은 고운 새살 같은 마음을 어루만질 수 없다는 것을 그의 젖은 눈동자를 통해 느낄 수 있었기 때문입니다.

후배 앞이라 차마 눈물을 테이블위로 떨어뜨리지 않았지만 떨리는 그의 목소리, 젖은 눈빛은 이미 그의 작년 힘들었던 시린 겨울을 느낄 수 있게 만들었습니다.

"난 내가 지금 무엇을 하는지 가끔씩 멍하니 생각할 때가 있다네, 자네 책에서도 있듯이 자식 하나 잘 키운다는 심정으로 그간 어디로 내가 흘러가는지도 모르고 뭐가 중요한지도 모르고 그냥 눈감고 삽질만 하고 살았던 건 아닌지 모르겠어, 이제 자식도 취직하여 제 살길 찾아가니 그냥 외롭기 그지 없네."

그의 이 말은 헤어지고 돌아오는 내내 저의 귓가에서 맴돌았습니다.

과연 무엇을 향해 나아가는지, 그리고 힘들게 간 그 곳에는 만족(滿足)이라는 감정이 아낌없이 삶에 지쳤던 우리를 안아 줄 수 있기나 한지 말입니다.

무언가를 쫓아 열심히 살아온 건 비단 선배 뿐만은 아닐 겁니다. 지금까지 우리는 모든 일을 기승전결(起承轉結)의 방식으로 살아야 한다고 배워왔기에 항상 결론을 내길 바랐고, 그러하지 못했을 때 스스로에게 칭찬보다는 비난을 주었던 건 아닐까 생각합니다.

삶에는 반드시 결(結)이 아름다워야 한다는 생각에서 벗어나는 순간 더 행복해질 수 있습니다. 왜 반드시 결론이 아름다워야만 하나요? 우리가 학생 시절 공부하러 입학했던 그 시간들, 반드시 아름다운 성적으로 결(結)이 났는가요? 설령 그렇다고 하더라도 그것이 지금 우리에게 충분한 행복을 아낌없이 주는가요?

모르겠습니다. 삶이란 각자 나름의 색이 있으니까요.

저는 비록 결이 아름답지 못하더라도 최소한 살아가는 하루하루가 아름다울 수만 있다면 남루한 결(結)이 되고 남이 알아주지 않는 모습이라 할지라도 어딘지 모를 가슴속에서 피어나는 안분지족(安分知足)의 훈풍이 우리의 마음에 늘 자리 잡지 않을까 합니다.

우리에게는 시간이 있는지 없는지, 그리고 그 시간이 어디로 흘러가는지를 잘 알고 오늘이라는 징검다리를 잘 건널 수 있는 지혜와 용기가 있다면 굳이 어려운 현학적인 철학 따위는 필요 없을지 모릅니다.

눈을 감아봅니다.
그리고 어디로 흘러가는지 느껴봅니다.

지금보다 조금만 더 행복해질 수 없을까요?

우리가
더 행복하지 못하는 이유

"더 행복할 수 있습니다." 한다면 "말은 쉽지."라고 반문하시는 분들이 많을 것입니다. 말은 쉽지만 이루기는 어렵다고 생각하는 이유는 무엇일까요? 어쩌면 그 이유는 말만하고 정말 진지하게 그 원인에 대하여 생각조차 않은 자신 때문은 아닌가하는 생각이 듭니다.

사실 우리는 지금보다 조금은 더 행복해질 수 있습니다.

정말 자신에게 소중한 일, 해야 하는 일에 대하여 우선순위를 매겨보는 것도 행복을 향한 한 가지 방법입니다. 어쩌면 우리는 어릴 적부터 "부지런해야 성공한다. 성공하면 행복하다."라는 공식을 삶의 철학처럼 받아 들여왔는지 모릅니다. 그래서 무엇이라도 해야만 게으르다는 소리를 듣지 않고 스스로도 부끄럽지 않았습니다.

가만히 생각해봅니다.
정말 무엇이 소중한지 생각해보고 그 일에 대하여 우선순위를 매겨보는 일, 무척이나 단순하지만 엄청난 효과를 낼 수 있습니다.

올해 들어 제가 더욱 더 지향하는 삶의 색깔은 바로 단순함입니다. 이 단순함 위에는 오직 몇 가지의 중요한 일들만 놓여있습니다. 바로 건강, 중국어 그리고 가족입니다.

하루 24시간에서 가장 행복한 시간, 그리고 우선순위에 이 세 가지를 두는 것입니다. 어찌 보면 쉽지 않은 일이라 생각할 수 있으나 가만히 살펴보면 정작 그렇지도 않습니다. 아침에 일어나 운동 1시간, 중국어 1시간 그리고 가족과 함께 보내는 식사시간 1시간 하루 24시간 중 3시간밖에 되지 않습니다. 결코 많은 시간이 아닙니다.

이렇게 하루에 늘 새롭게 펼쳐지는 여정에서 삶의 좌표 3곳을 찍어둔다면 우리는 보다 행복한 항해를 즐길 수 있을 것입니다. 스스로 생각하기에도 부끄러운 변명들로 어제를 보냈고 오늘을 보내고 있다면 가만히 눈을 감고 생각해보세요.

과연 내게 중요한 일들은 무엇일까? 지금 하고 있는 일들이 내게 행복을 주는 일들인가 아니면 그냥 시간을 보내는 일들인지 말이지요.

대학원 졸업 후 입사했던 첫 직장, 외국계기업에서 제가 배운 것은 기술도, 회사규칙도 아니었습니다. 바로 제한된 근무시간에 무엇을 우선적으로 해야 하는 지에 대한 다이어리 사용법이었답니다.

삶이란 무한하지 않은 공간 안에서 우리가 더 행복해지려면 어쩌면 삶의 다이어리를 먼저 써보는 것도 한 가지 방법일 것 같습니다.

개운(開運)을 하는 법이 있을까요?

운을 좋게 하는 법

눈앞에 이익만 보고, 내일을 보지 못하는 철들지 않는 어른,
남들의 이야기만 귀 기울이고, 진실을 보지 않는 미련한 사람,
공감과 소통보다는, 일방적인 생각과 불통으로 답답한 이,

이런 부류의 사람들의 공통점은 무엇일까요?
바로 재수가 없는 사람입니다.

말이 너무 강했나요? 그렇지만 보통 우리는 이런 사람들을 볼 때 흔히들
"재수 없어."라는 말을 하지 않나요? 틀린 말이 아닙니다. 이런 사람들의
주위에는 많은 사람들이 모이지 않습니다. 왜냐하면 좋은 운이 없기 때문
에 좋은 사람을 끌어당기는 힘도 약하기 때문이지요.

세상을 살아가는 보다 현명하게 살아가는 방법, 궁금하신가요?

사실 우리는 이미 초등학교에서 배웠습니다.

남을 도와주면 자신의 마음이 기쁘고 남의 기분을 상하게 하면 자신도 힘들다는 것을 말이지요.

중국에 이를 표현하는 좋은 말이 있습니다.

"남을 위하면 자기 길도 열리고 남의 기분을 상하게 하면 자기 길도 막힌다."

정말 좋은 운을 맞이하고 싶다면 개운(開運)을 하고 싶다면 방법은 생각보다 간단합니다.

나보다 남을 더 위할 거라는 마음을 가지는 순간 이미 당신의 행운은 시작될 것입니다.

바보 같은 미소

말이 많은 사람을 싫어합니다.
글도 긴 글을 싫어합니다.

절제(節制)라는 단어를 좋아합니다.
겸손(謙遜)이라는 글자를 좋아합니다.

요즘 세상 누구나 똑똑합니다.
그래서 굳이 긴 말을 하지 않아도 됩니다.

자존감이라 포장된 자만심보다는 바보 같은 미소가 더 좋습니다.

아침에 만난 여인

어둠이 채 가시지 않은 공원,

많은 사람들이 저마다의 길을 걷습니다.
느리게 걷는 사람, 빨리 걷는 사람 때로는 뛰는 사람도 있습니다.

눈에 띄는 한 여성분이 계십니다.
벌써 몇 달 아니 거의 몇 년 동안 다른 분들과 달리 공원을 돌지 않고 공원을 가로지르는 직선코스를 걷습니다. 제가 그분을 더 유심히 본 이유는 혼자 다른 길을 걸어서가 아니라 아침 운동복이라고 하기에는 과한 모델처럼 옷을 차려입고 마치 패션쇼 런웨이 하듯 걷기 때문이었습니다.

그러던 그분과 오늘 우연히 인사를 나누게 되었습니다.

"젊으니 참 보기 좋아요, 운동도 열심히 하고 팔굽혀펴기 힘들지 않나요?"
그분 역시 저를 멀리서나마 계속 보신 듯 기억하고 계셨습니다.

"네 안녕하세요? 하하 저 그리 젊지 않은데요, 요즘 마스크가 사람을 젊게 만드네요."

나이 오십에 젊다는 소리가 나쁘지는 않았지만 잘못 보신 것은 바로 말씀 드려야한다는 나름 정직한 생각에 나도 모르게 이렇게 대답하였습니다.

"그런데 선생님, 옷을 더 편하게 입고 나오시면 좋지 않을까요? 그리고 계속 모델 워킹처럼 걷는 이유가 궁금한데 말씀해주실 수 있는지요?"

그가 잠시 마스크를 벗어 얼굴을 보여주며 말을 이었습니다.

"내 나이가 올해 환갑이 넘었어요, 주위 친구들을 보면 이젠 몸도 마음처럼 내려놓고 사는 친구들이 많아요, 그야말로 몸이 늙는 것이지요, 그리고 그런 친구들은 몸뿐만 아니라 마음도 같이 늙어가요. 제가 늘 이렇게 차려 입고 걷는 이유는 하루 한 시간이라도 몸과 마음에 긴장을 주려는 노력입니다. 사람은 텐션이 없으면 늘어지게 마련이잖아요."

말을 듣는 동안 새벽이 밝아오는 태양 아래 비치는 그녀의 반짝이는 눈빛을 보았습니다.

나이는 숫자에 불과하다는 말이 나올 정도로 깊은 삶의 연륜이 묻어나는 모습과 나지막한 목소리에 참 자신을 사랑하는 분이라는 것을 다시금 알 수 있었습니다.

정말 어떻게 삶을 관리하느냐에 따라 이렇게 젊어질 수도 있구나 라는 생각이 저를 돌아보게 만듭니다.

삶, 행복, 인생 이 모두는 긴장과 이완을 통해
그 진정한 가치를 느낄 수 있습니다.
실험실 쥐에게 행복할 만한 모든 조건을 주었을 때,
그렇지 못한 쥐보다 오히려 빨리 죽는 이유도
바로 인생에서 긴장과 이완이 필요하다는 것을 말해주는 반증입니다.

변명은 쉽습니다. 그렇지만 그 변명이 삶의 후회를 대변해주기에는
무리라는 것 또한 우리는 잘 알고 있습니다.

오늘 아침 그 어떤 CEO의 조찬 강의보다
더 빛나는 감동을 전해주신 선생님께 감사드리며
돌아오지 않을 오늘을 더 진지하게 살아보아야겠습니다.

욕심이란
실체를 잡다

마음의 불편은 소유(所有)에서 옵니다.

어제의 욕심이 오늘의 현실로 되어 갈 때면 우리는 만족(滿足)이라는 감정
보다는 또 다른 소유를 원하게 됩니다.

마음이 불편하다면 그 이유는 소유의 그림자가 나도 모르게 커가기 때문
입니다.

적당함이란 인간이 조절하기 어쩌면 힘들지 모릅니다.

그것이 사랑이든 아님 무엇이든
가속도가 붙으면 멈추기 어려울 뿐 아니라 중도를 찾기 어렵습니다.

가끔씩은 혼자 있는 연습이 필요합니다.

욕심이란 실체를 잡다

내가 가진 욕심이 소유가 과연 순리(順利)에 맞는 것인지….
삶의 흐름에 역행(逆行)하는 것은 아닌지 말이지요.

때로는 혼자 있으며 나만의 소리를 들어야합니다.

오늘 우리의

마음이 불편한 이유는

자신의 욕심 아래

어쩌면 돈을 소유하고,

자식을 소유하고,

사랑을 소유하고자 했던 때문은 아닌지 모르겠습니다.

누구나 마음의 고향은
있어야 한다

당신의 마음의 고향, 힘이 들 때 머무를 수 있는 기억이 있나요?

오늘 집사람이 반찬이라며 고추장에 버무린 명태포를 반찬으로 내놓습니다. 갑자기 냉장고 안에 오래두었던 막걸리 한 병이 문득 떠오릅니다. 유통기한 지나기 전에 먹어야한다는 핑계로 술병을 열긴 하였지만, 실상 제마음은 다른 곳에 있었습니다.

바로 마음의 고향으로 가고 싶었기 때문이지요. 나도 모르게….

명태포,
돌아가신 우리 할머니가 너무나 좋아하신 술안주이죠.

걷지도 못하는 3살 시절부터 세발자전거 손잡이에 주전자를 걸어 막걸리는 받아오면 할머니께서는 손자가 받아주시는 막걸리라며 너무나 맛있게 명태포와 함께 드셨지요.

과연 명태포가 맛있었는지, 막걸리가 맛있는지는 모르겠지만,
지금도 명태포만 보면 할머니가 너무나 그립습니다.

이제는 뼈까지 가루가 되어 흙과 함께 자연으로 돌아갔겠지만, 힘들 때마다 잠결 꿈속에서 나타나셔서 저의 어깨를 두드려주시는 할머니를 아직도 그리워하는 이유는 당신과 함께한 50년이란 적지 않은 추억 때문이겠지요.

누구나 마음의 고향은 있어야 할 것 같습니다.

비록 번듯한 명함 한 장이 없더라도 자신에게 주어진 엄마라는 이름, 가장이라는 이름만으로도 어깨가 무너질 무렵이면 잠시라도 돌아갈 그 곳이 필요합니다.

적지 않은 시간을 살며 여러 사람들과 여러 고민과 추억들을 함께 하였습니다. 좋은 시간이 있다면 힘든 시간도 있듯이 살면서, 우리는 신(神)이 아닌 이상 희노애락(喜怒哀樂)의 시간들을 반복하게 됩니다.

그런 시간들 속에서 잠시라도 어린 자아(自我)가 기대어 쉴 수 있는 그곳이 있어야 합니다.

그래야 당신이 온전히 살 수 있습니다.

글을 쓰면서 아직 옆에 계신 듯 한 할머니를 가슴에 담은 그리움으로 키보드에 손을 올려봅니다.

마음의 온기

머리가 맑지 못하면 답을 보아도 보이질 않습니다.

"나 바다 보러 갈건데, 같이 가자."
"아니 바다는 여유가 있을 때 가야지, 지금은 바다 볼 여유가 없어. 바다
본다고 지금 문제가 해결되니?"

그의 말이 틀린 말이 아님을 알고 있습니다. 하지만 아끼는 친구가 좀처
럼 풀리지 않는 스트레스로 수척해가는 얼굴을 볼 때마다 마음이 아려웁
니다.

"정답이 바로 나오진 않겠지, 내일이라도 바로 찾을 수 있는 해결책을 찾
고 싶다면 로또를 사는 편이 낫지 않겠어? 바다를 보러가는 것은 해결책을
찾을 수 있는 마음의 공간을 네게 만들어주는 시간이야.
아무리 좋은 스마트폰이라 하더라도 용량이 다 차면 더 좋은 사진을 담을 수
없는 것처럼 말이야. 비워야 새로운 것을 담을 수 있어. 그런 의미에서 여행

은 가치 있다고 생각해."

그는 반문하지 않고 말없이 고개를 끄떡입니다.

하지만 책상 위에 놓여진 'MUST'라는 의미의 숙제들을 뒤로 한 채 길을 나설 용기가 없었던 친구를 두고 혼자 바다에 다녀왔습니다. 날씨가 좋아 바다까지 걸어갈까 라고도 생각을 해보았지만 오늘 안에 돌아오긴 힘들 것 같아서 가방 안에 음악을 들을 이어폰, 가벼운 책 몇 권만 넣어 집을 나섭니다. 이곳에서 가까운 바다는 포항. 70분, 바다를 보러가기에 적당한 거리입니다.

가는 길에 "바다 보고 싶으면 언제든 연락하라." 하시던 고마운 분이 생각 났습니다.

제 강의가 좋다며 경북지역에 강연이 있을 때마다 찾아오시고, 제 책이 나 올 때 마다 제일 먼저 서점을 달려가시는 독자분입니다. 사람의 인연이 참 오묘한지라 포항 간다는 소식에 버스터미널까지 마중을 나오셨습니다. 그 분과 지난 이야기를 나누며 시간을 보내어봅니다. 손자까지 본 인생의 선 배이지만 시대를 함께 공유하는 인연으로 담소의 꽃을 피워보고 따뜻한 저녁까지 사주셨습니다.

돌아오는 길 저의 마음은 무척이나 따뜻했습니다. 바다를 보아서 가슴이 시원하다는 느낌보다는 무언지 모를 사람에게서 풍기는 온기(溫氣)를 느 낄 수 있었습니다.

저는 해결책을 찾으러 여행을 가지 않습니다. 다만 여행을 가는 순간 지금 의 복잡함에서 벗어나고 머리와 가슴을 잠시라도 쉬게 하는 것이지요,

여행 자체가 마트 영수증처럼

물건을 산 후 답을 바로 알려주진 않습니다.

그저 24시간 365일 일한 계산대의 잉크가 마를 때,

잉크를 교체할 시간을 주는 것이지요.

답을 그리 쉽게 구하려하지 않습니다.

재촉하는 마음이 우리를 더 힘들게 할 수 있으니까요.

머리가 맑고 마음이 편해야 답이 보입니다.

답답한 마음으로 살다보면 정작 답을 보아도

그것을 모르고 지나칠 수도 있으니까요.

돌아오는 길, 시골에서 짠 들기름과 흑깨 가루라면서

손에 쥐어 주시는 고마움에 차창 밖으로

부딪치는 가로등 불빛이 더 눈부셔 오는 것 같습니다.

영원히 살 수 있을까요?

끝이 있기에
더 아름다운

어릴 적에는 좋아하던 드라마가 종영되면 한참동안을 아쉬워했습니다. 다시는 그 드라마를 못 본다는 것 보다는 드라마를 보기 위해 일주일을 기다렸던 작은 기다림들이 다시는 오지 않는다는 사실 때문이었습니다. 하지만 그러한 아쉬움은 몇 주가 지나면 또 다른 드라마로 서서히 잊히게 됩니다.

요즘은 텔레비전을 보지 않지만 아마 지금까지 본 드라마만 하더라도 수십 편은 족히 될 것이니 수십 번의 이별과 또 다른 만남이 이루어진 것 같습니다.

오늘 아침 이런 생각을 해봅니다. 만약 드라마가 10년이고 20년이고 계속된다면 어떨까요? 좋을 수도 있겠지만 우리가 처음 느꼈던 신선함이나 기다림의 무게는 사뭇 다를듯합니다.

우리 삶 역시 마찬가지인 듯합니다. 삶에는 끝이 있기에 우리는 여기서 더

열심히 살려고 노력하는 것이지요,

어제는 친구의 아버님이 돌아가셔서 장례식장을 다녀왔습니다. 친구는 대학병원 부원장이기도 한 의사지만 아버님의 병을 어떻게 할 수는 없는 모습을 보고 여러 가지 생각이 들더군요. 환자들의 죽음을 너무 많이 보아온, 그래서 다른 이들과 다르게 좀 더 초탈해 보이는 모습도 보였지만 이별이 가슴 아픈 것은 사실입니다.

누구의 삶이든, 삶은 영속될 수 없습니다.
큰 대학병원 의사이든, 대기업 총수이든 말이죠.

그렇기 때문에 오늘을 제대로 느끼며 오늘의 소중함을 알고 사는 것이 중요합니다.

며칠 전 아주 재미있는 영화를 보았습니다. 마침 오늘의 주제인 삶과 죽음에 대한 내용인데요, 불멸의 존재들이 세상을 위해 살다가도, 때로는 스스로가 죽기를 바란다는 내용입니다.

너무 많은 지난 시간들. 그 기억의 무게로 오늘을 제대로 살지 못하는 모습을 보고 다시금 느끼게 됩니다. 불로장생, 영생의 모습보다는 인간답게 살다가 하늘이 부를 때 주저 없이 가는 삶이 어쩌면 더 아름다울 수 있겠다고 말입니다.

이 글을 쓰고 있는 이 시간 즈음이면 친구는 아버님을 선산 어딘가에 묻고 이별을 고하고 있을 테지요, 그리고 어쩌면 마지막으로 그 아버님께 이렇게 말할 듯도 합니다.

"아버님, 더 잘해드리지 못해 죄송합니다, 바쁘다는 핑계로 늘 내일만 말하고 보고 싶다고 하셨을 때도 연락 한번 드리지 못한 자식을 용서하세요."

끝이 있는 삶이기에 오늘 더 열심히 살아야하지 않을까 생각게 하는 아침입니다.

어제를 후회하면서 살면 오늘이 오염되어 살아가기 힘듭니다.
내일을 위해 살자치면 오늘이 너무 위태롭습니다.

우리는 우리가 숨 쉬고 있는 지금을 소중히 생각하고 살아가는 것이 가장 현명한 처사(處事)가 아닌가 생각합니다.

중국 임제의현 선사의 어록인
임제록(臨濟錄)에
지금. 여기의 중요성을 설파한
다음 글귀가 있답니다.

隨處作主 立處皆眞
머무는 곳에 주인으로 살아간다면 그것이 진실이며

卽時現今 更無時節
어떤 일을 생각했으면 지금 바로 실천하라

이 시간은 다시 돌아오지 않는다

그 말이 정말인가요?

왜 그리 자신만만한가요?

인터넷과 SNS(Social Network System)의 발달로 세상에 질문(質問)이라는 단어가 점점 사라지고 있는 듯합니다. 궁금한 것이 있으면 스마트폰을 통해, 10초면 관련 정보를 찾을 수 있기 때문입니다. 그것이 맞는 답이든 아니든 말이죠.

예전에는 무엇이 궁금하다면 최소한 우리에게는 "생각하는 시간"이라는 것이 있었습니다. 이 "생각하는 시간"을 통해 문제 해결의 접근법을 여러 가지로 생각할 수 있었습니다. 이런 방법이 좋겠어, 아니 이런 방법은 또 어떨까라고 말이죠, 그리고 주위 사람들에게 의견을 물어보고 같이 생각을 공유하는 기회도 있었고 말입니다.

그러나 요즘 어떤지 한번 둘러봅니다. 서두에 말씀드렸다시피 포털 사이트를 통해 순식간에 찾아낸 수많은 답들 중에 가장 마음에 드는 답을 골라 그것이 마치 정답인 것처럼 알고 살아가는 경우도 많이 있습니다.

영어 스펠링(Spelling)이 궁금하여 찾아보는 정도는 괜찮습니다. 심지어 외국인들도 잊어버리는 경우가 있으니까요, 하지만 자신의 생각을 온라인이라는 바다 위에 떠 있는 이름 없는 타인에게 물어보는 것은 조금 위험하지 않나하는 생각이듭니다.

오늘 아침 이런 생각을 해봅니다.

"우리가 아는 것이 어쩌면 참이 아닐 수도 있다."고 말이지요,

진실(眞實)로 가는 길에는 자기성찰과 사색이 필요합니다. 그런데 그 길 위에 우리는 많이 오염된 거짓과 허상(虛像)으로 그 길이 마치 진실인 것처럼 오해하고 살아갑니다. 그리고 남들에게 자신 있게 이야기까지 합니다.

내말이 맞다. 내 생각이 옳다고 말이죠,

많은 현인(賢人)들의 가르침, 책을 통해 얻은 한 가지가 있습니다. 그들의 공통점은 바로 "내가 아는 것이 전부가 아니다."였습니다. 그러기에 현인들의 입안에 든 말은 적을 수밖에 없었습니다.

내가 아는 것은 무엇인가 그리고 그 앎이란 실체는 허상일 수 있다 생각이 드네요.

오늘, 허상을 뒤로하고 진실을 찾는 하루로 시간을 채워나가 보면 어떨지요?

때가 있습니다

나이가 들어감에 옛 어른들 하시던 말씀이 하나같이 일리가 있다는 생각
이 듭니다.

모든 일에는 다 때가 있다.

어떻게 이해하느냐에 따라 이 말의 깊이는 다를 듯합니다. 세상을 살다보
니 우리 인간의 능력이라는 것이 그리 대단하지 않다는 것을 압니다. 사람
들은 때로는 어리석게도 때를 만들 수도 있다 생각하지만, 절대 그렇지 않
습니다. 그때를 아무도 알지 못합니다.

만남을 인위적으로 만들 수 있을지 몰라도, 사랑은 때가 아니면 이루어질
수 없습니다. 그리고 헤어짐 역시 그때가 되지 않으면 인연의 끈을 놓으려
해도 그렇게 쉽사리 되지도 않습니다. 바로 때가 되지 않았기 때문이지요,

하지만 많은 사람들이 그때를 잊은 채 무작정 노력만을 가지고 진검승부를 하려는 경우를 많이 봅니다. 젊은 사람이 실패를 하더라도 노력하는 일은 아주 바람직한 일입니다. 하지만 삶의 무게에 허리가 휘어지는 사람에게 노력만을 강조하기에는 너무 가혹한 일일 수 있습니다.

삶에는 다 때가 있습니다. 그러기에 너무 자신을 몰아세울 필요는 없습니다.

사랑할 때가 되면 사랑이 찾아오고 돈을 벌 때가 되면 그러한 운들이 찾아옵니다. 지금까지 많은 기업체 사장님들을 만나보면 하나같이 겸손이 섞인 말을 합니다.

"내 능력은 별로 없었어요, 사실 운이 좋았던 거죠."

그렇습니다. 아직 때가 되지 않은 자신에게 너무 몰아세우지는 마세요,

이 글을 쓰고 있는 지금 제 책상 위에는 초가 타고 있습니다.

아로마 향초라 몇 번 켜두었지만 향이 잘 나지 않았습니다. 그런데 오늘, 어느 정도 깊게 타 들어가니 그제야 향이 나기 시작한다는 것을 알았습니다. 이처럼 향초 역시도 다 때가 있었습니다. 불량이라며 한두 번 살짝 태워보고 버릴 수도 있었지요. 이처럼 때를 이해하지 못하는 조급함이 일을 그르칠 때도 있습니다.

여러 이유들로 누구나 모두 힘들어 합니다. 우리 마음에는 여유라는 것이 사라진 지 오래입니다.

그래서 우리 마음을 제대로 세워두기란 여간 어렵지 않습니다. 초조하기도 하고 미련한 자신이 한없이 미워 보이기도 합니다. 그래서 힘없이 울고 있는 내안의 어린 나를 또 몰아세우기도 합니다.

하지만 우리는 세월이 흐른 뒤에서야 깨닫는 한 가지 사실이 있습니다.

바로 모든 일에는 때가 있었다는 것이지요.

비가 그친 오늘, 내안의 나에게 따뜻한 위로의 인사를 건네며 내게 다가올 때를 기도하는 마음으로 기다려보는 건 어떨지요?

오늘, 지금 행복하시길 기도드립니다.

저자 약력

건강한 마음과 좋은 스트레스에 대하여 연구하는 행복학교의 교장. 여러 나라를 다니며 사람들의 삶, 희노애락을 보다 가까이서 경험한 그는 이론에 그치지 않는 실천주의 마음 연구가이다. 물질적인 풍요 속에서도 정신적인 행복은 그에 미치지 못하는 한국인, 내일의 행복만을 강조한 채 오늘의 가치를 잊고 살아가는 사람들을 보며 삶의 균형을 맞추기 위해 그만의 티칭 방법으로 세계적으로 강연을 하고 있다.

이 책은 고민을 토로한 사람들의 질문을 엮은 답변체로 구성되어 있다. 위로받고 싶을 때 많은 이야기보다 세상은 나 혼자만 겪는 고통이 아니라는 것을 알 때 삶이 더 가벼워진다는 것을 노래하며, 자아를 바르게 바라보는 방법, 삶의 무게를 가볍게 할 수 있는 방법 등에 대하여 하루 한 장씩 읽어 삶의 패턴을 변화하는 방식으로 만들었다.

삶을 바라보는 시각만 변화시킨다면 오늘이라도 행복할 수 있다고 말하는 그는 지난 10년간 『내 안의 행복을 깨워라』, 『나는 행복을 선택했다, 『당신은 행복한가요?』 등의 스테디셀러를 집필하였으며, 주요 일간지에 스트레스와 행복에 대하여 칼럼을 연재하고 있다.

최경규의 행복학교 교장, 심리 상담가, 경영학박사, 영남대학교 외래교수
세종로 국정포럼 행복학교 위원장, 식문화 세계교류협회 자문위원
한국 여성총연합회 교육위원장, 前 외교부 국제디자인교류재단 인력개발원 부원장

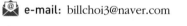 **e-mail:** billchoi3@naver.com

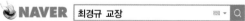

당신 잘못이 아닙니다

초판발행	2022년 1월 1일
초판2쇄발행	2022년 1월 14일
초판3쇄발행	2022년 5월 4일

지은이	최경규
펴낸이	안종만·안상준

편 집	김윤정
기획/마케팅	장규식
표지디자인	Benstory
제 작	고철민·조영환

펴낸곳	(주) **박영사**
	서울특별시 금천구 가산디지털2로 53, 210호
	(가산동, 한라시그마밸리)
	등록 1959. 3. 11. 제300-1959-1호(倫)
전 화	02)733-6771
f a x	02)736-4818
e-mail	pys@pybook.co.kr
homepage	www.pybook.co.kr
ISBN	979-11-303-1425-9 03810

정 가   13,000원